無能男

二〇〇六年春。

滋賀のとある病院で渡された質問紙に答える間、俺の頭の中ではなぜかＸＪＡＰＡＮの『紅』が流れていて全く集中できなかった。ＸＪＡＰＡＮはホンマにすごいバンドや、今のビジュアル系の礎を築いたと言っても過言ではない、ギターのヒデが死なずに、それからボーカルのトシが辞めるなんて言い出さんかったら、未だに一線級でやってたに違いない。こういううるさくて派手なメイクするバンドを恥ずかしいモノとする見方もあるが、というか大方の見方はそうかもしれんが、俺はやっぱり好きや、わかりやすくてええやないか。ただのナルシストバンドはいらんけどＸは違った、おもしろかった、ライブパフォーマンスも最高やった。火を吹くやつなんかめっちゃすごかった。直に見たわけじゃないねんけどな、ライブのＤＶＤを見たらわかる、未だに彼らを超えるバンドは日本には誕生しとらん。もうああいう無敵のヒーローというのは時代が求めてないんやろか。無敵バンドみたいな、勢いで突っ走るみたいな、そういうやつ。競馬でもそうや、ディープインパクトという完全無欠の英雄が登場したにも関わらず盛り上がりはイマイチと言わざるをえん。マスコミでは盛んに取り上げられてたわりにＪＲＡの収益は伸びとらんかった、多分もっと人間らしいやつ、いや、馬らしいやつが愛されるんや。昔のハイセイコーとか、オグリキャップとかな。歌も青春ソング、恋愛ソングみたいな、ポップな感じのが一番売れるんや。陰気臭い歌は流行らん。ハンガリーの『暗い日曜日』っていう歌なんか聴いたやつが大量に自殺したらしいけど、そのぐらいインパクトのある暗さって凄い芸術やと思うんやけどなあ。そういや俺の友達が嫌いなやつにそれ聴かせて、死ぬかどうか観察してたな。今のところ効果はないみたいやけど。あ、あかんあかん、さっさとこの質問紙を書いてしまわな。気分が沈み込んだり、憂鬱になったりすることはありますか。はい。仕事や趣味など、普段楽しみにしていることに興味を感じられなくなっていますか。はい。人と話すのがおっくうですか。はい。あぁ、めんどくさ。

俺は書き上げた質問紙を受付に渡して、再び呼ばれるのを待った。その間、俺は一人で大学の課題として出された英文を訳していた。「この章では社会理論における機能主義の遺産について議論する」……legacy の訳は遺産でいいんやろか。機能主義者は、社会は相互依存のシステムとして理解されるべきだと主張する。彼らは、すべての社会システムにおいて満たされるべき、そして社会制度の比較分析に対する基礎を提供できるような明確な必要条件、つまり機能的先行要件が存在すると信じていた。はぁ、そうですか。それはよかったですね。機能主義とかホンマにどうでもええわ。大学に入ったら受験勉強と違っておもしろいことができると思ってたんやけどな。そら明確にやりたいことがあったわけじゃないけど、何かしら俺の興味を引くものがあると思っとった、そしたらいつの間にかこんなおもろないもんやらされとる。何が機能主義やねん。タルコット・パーソンズて誰やねん。ロバート・キング・マートンて何様やねん。ホンマ腹立つわ。

「伊村さん、伊村翔太さん」

おっ呼ばれた。俺は教科書と電子辞書を鞄にしまいこんで立ち上がった。

「こちらになります」

俺は不細工なおばはんに導かれて「4」と書かれた部屋に入った。

部屋の中にはやや太った看護師らしき女性が一人と、似合わないアゴ髭を生やしたうさんくさいおっさんが座っていた。その髭剃った方がいいと思いますよ、と言いたいのを我慢していたら、おっさんはいきなり「君は、エス・エー・ディーだね」と言った。

エスエーディー？　エスエーディーて何や？　ＳＡＤ、悲しいていう英単語かな、でもそれやったら発音はサッドや、エス・エー・ディーなんて面倒くさい読み方せえへん、それともオレがサッドもわからんようなダボに見えたから一文字ずつ丁寧に言うたんやろか、ナメやがって、オレは京都大学生やぞ、ホンマは法学部に入りたかったんやけどセンター試験で失敗して文学部になったんや、それでも京大は京大や、一浪やけどな、英単語かてターゲット１９００は全部頭に入っとる、そうとも知らずにこいつはふざけたことぬかしやがって、一発しばいたろか。

「ＳＡＤてわかるかな」

「わ、わかりません、何ですか？」

「うん、最近増えているんだけどもね、ＳＡＤというのはソーシャル……なんとかディスオーダーの略でね、社会不安障害という病気なんだよ」

病気？　この俺が？　そんなことあるわけないやろ、よく言うわ、テキトーなこと抜かしやがって、大体ソーシャルなんとかディスオーダーって、社会不安障害と訳すんやったら不安は anxiety や。こいつそんなんもわからんと勝手に人のこと病気扱いしやがって、完全なアホやな。

「ＳＡＤの人は、対人関係でかなりの不安を感じたり、極度に緊張したりするんだね。君は周囲の人が自分をどう思ってるか、気になったりしない？」

周囲の評価が気にならん人間なんておるはずがないやろ、しょうもないこと聞きやがって、はよ帰らせてくれへんかな。

「き、気になります」

「その原因はね、脳内のセロトニン神経、わからないか、そういう部分の機能異常なんだけれども、その機能を調整する薬が今では使われているんだよ。性格どうこうではなく、脳内物質の問題と考えられるようになってきたんだね」

脳内物質か。脳内物質って言われても、バダ・ハリ、アドレナリン全開！　とか、そんなことぐらいしか思いつかん。あのバダ・ハリもゴールデンボーイ言われながら微妙なところやな、俺はやっぱりピーター・アーツとかレイ・セフォーとかの古豪が好きや。最近のセーム・シュルトやらチェ・ホンマンやら、巨神兵みたいなバカでかいやつは気に入らん。あんなもんは人間とちゃう。

「人に対する不安や緊張を軽減するためには、脳内にセロトニンを増やす必要があるんだね、その手助けをする薬として、ＳＳＲＩというのが主流になっているんだ。カウンセリングは時間もかかるし、薬の方が即効性もあり効果が高い」

うっさいな、そんな薬の話聞いてたらこのあと大学の講義に間に合わへんやろが！　こりゃ完全に遅延行為やな。しかしＳＳＲＩというのは去年大学の講義で聞いたことがある、精神保健学っていう医学部向けの講義やったけどおもしろそうやったから取ってみたんや、ＳＳＲＩは確か精神病患者、うつ病患者を徐々に体質改善していくときに使われる薬や。

「エ、エスエス、アールアイって、パキシルとかですか？」

アカン、絡んでもた、俺の悪い癖や、自分が何かを知ってるということを人に知ってもらいたくなる、自分がわかる話題やとつい得意気に言うてしまう、パキシルなんて知っててもしゃあないのに、何しとるんやろ。

「おお、よく知ってるね。でもパキシルは少し作用が強い薬だから、今日はそれより弱めのデプロメールを処方しておきます。あと、抗不安剤としてコンスタンを出しておくからね、デプロメールは毎日飲み続けていれば、一か月するかしないかのうちに効果が感じられますよ。憂鬱な気分がだんだんましになってきて、今の無気力な状態からは脱することができると思います。コンスタンの方は速攻性があるから、人前で発表があるとか、精神的に負荷がかかりそうなときに、そうだな、1時間ほど前に飲むといい、そうしたら緊張がほぐれるからね」

＊

俺はとぼとぼと病院から出て行って、近くの薬局で処方された薬をもらった。薬を渡すときおばちゃんは、「すぐに効いてくるからね、すごくいい薬なんだから、今はうつ病なんて、お薬で治せる病気なんだから」と哀れみに満ちた眼で俺を見つめてきた。それはどう見ても単なる同情だった。コラおばはん！　なめとるんちゃうぞ！　なんて叫ぶ元気もなく、俺はおばはんのやっすい同情のせいで改めて自分の惨めさに直面せざるを得なくなり、極度の自己嫌悪により心臓が押しつぶされて口から鼻から、全身の穴という穴から血も汗も噴き出してぺしゃんこになって死亡した。死因、おばはん。享年二十一歳。チーン。「あの子は太陽のように明るくて、聡明で、私たちには出来過ぎた子でした」ってオイ！　おばはんもうやめてくれ、そんな眼で俺を見るな、俺がホンマにもうアカンみたいやないか。俺は精神病患者というのをずっとバカにしてきた、いわゆるメンヘラや、死ぬ気もないのに手首切って見せびらかしたり、根性がないから何もできひんのを病気のせいにしたり、そういうクズばっかりが集まって辛い苦しいと互いの傷を舐めあっとる、日本の、いや世界の底辺をなす人種やと思ってきた。そのクズに俺は今仲間入りしかけとるって？　冗談やない。そうや、とりあえず西岡に電話しよ。あいつと話したら、いつも気が晴れるんや。

「お前から電話やなんてめずらしいやないか、どないしたんや」

俺と西岡は高校時代からの友達やが、俺はこいつに自分から電話をかけたことがほとんどない、放っといても向こうからかかってくるからや。俺と何をそんなにしゃべりたいんかわからんけど、やっぱり悪い気はせんかった。西岡には大抵のことを話しとったし、今回病院に行くということも冗談交じりで伝えてあった。

「今、前言うてた通り病院に行ってきたんや」

「ハッハハハハ！　お前ホンマに行ったんか。どうもなかったやろ？」

「いや、残念ながら俺病気らしいわ」

「ハァ!?　何の病気やねんな」

「SADやて」

「SAD？　なんや知らんけど、大丈夫なんかお前」

ちょっと西岡の声がマジになった、こういうときに人の本性が出るというか、人間的なレベルの高低が知れると思う、俺は逆の立場やったら面倒くさくなって、テキトーに「がんばれよ」とうっかりタブーの言葉を残してそのまま電話切ってたと思う。

そういや前の女とはそれで別れた。境界例というわけのわからん、厄介な病気持ちの女やった。わけのわからん、というても俺はこの病気は知っとる、パキシルと一緒に大学の精神保健学で習ったんや、境界例の人というのは慢性の空虚感と退屈感を抱えていて、気分の変動が激しく、ちょっとしたことでヒステリックな癇癪《かんしゃく》を起こしたり、自傷行為を繰り返したりする。また人の好き嫌いが極端で、相手を極端に理想化したりこき下ろしたりする。たとえ同じ一人の人間であっても、場合によって手のひらを返したように真逆の評価を与えるのである。以上、講義ノートをまるまる言うただけやが、とにかく医者もかなり手を焼く病気なんや、そんなんに俺のようなズブの素人が付き合わされたらかなわん、しょうもないことですぐキレるし、毎晩遅くまで電話に付き合わされて「ありがとう、こうやって話してるとすっごく落ち着くの」とか言われて、ホっとしてたらまた泣きながら電話がかかってくる、さすがにこっちもレポートとかバイトとかあって、話の終わらんまま「ごめんな」言うて電話を切ることもある、そしたら翌朝、腕やら手首やらに切り傷をつけてキャンパスを歩いとる、こんなアホなことがあるかいな。もうホンマにうんざりして別れたった、俺のような心の広い男がギブアップしたということは、こんな女と付き合えるやつは今の日本にはおらんと思う。

それ以来俺は精神病に関してだけはかなり強めの偏見を持つようになった、元々不快に思っとったのが決定的になった、西岡も弱った男の話なんか聞きたくないやろうに、マジメに心配してくれとる。実にありがたい話や、こいつは超ド級の善人か、超ド級のアホか、どっちかや。

「まあ多分大丈夫やわ、薬ももろたし」

「薬もろたん？　薬なしでなんとかできひんのか。依存症とかなったらだるいやろ」

「何か十分くらい話してあっさり薬出されたんや、ヘタにカウンセリングで治していくより薬のほうが速くて、効果も高いらしい」

「俺は薬じゃ根本的な解決にならん気がするけどなぁ」

もっともなことや、西岡はホンマに的を射たことを言う、そやけど高校時代のテストでは「的を得た」って書いてハネられとった、テストのデキと人間のデキは全く関係ない。

「そうかもしれんけど、俺はもう薬飲んでみるわ。カウンセリングなんて面倒くさくていちいち聞いてられん」

「お前そんなにしんどいんか？　何がそんなに辛いんや、普通にしてるように見えるけど」

そうや、俺は西岡の前ではいつも元気やった、でも去年の今ごろぐらいから、心を許してない他人に会ったりしゃべったりするのがめちゃくちゃしんどくなった、俺はそのときはあんまり気に留めんかったけど、大学も三回生になって、人前での発表とかがあると、唇が震えたり手足が震えたりして、さすがにこれは何かおかしいんとちがうかと思って病院に行ったんや。せやけど簡単なカウンセリングだけで終わると思っとった、それは病気ではないよ、普通の範囲内のことだよ、と太鼓判を押してもらうために行ったんや、太鼓判いうのはおかしいか、とにかくそういうつもりで行ったのに、まさかSADなんて大層な病名突きつけられて薬まで処方されるとは夢にも思わんかった、まさに屈辱や。カノッサの屈辱や。

「ちょっとなァ、他人に会って話したりするのがしんどいんやわ」

「そうかー、誰にでもそういう面はあると思うけどな。お前が辛いって言うなら、しばらく薬飲んで様子見たほうがええかもしれへんな」

「おう、そうするわ、いろいろ聞いてくれてありがとうな、ほなまた」

「おう、いつでも電話してくれ。オナニー中以外なら出るわ」

＊

俺は電話を切ったあと大学に向かう電車に乗った。まだ昼の十二時で、天気はムカつくぐらい爽やかに晴れとった、こういう時は俺の気分に合わせて雨でも降らさんかい、ホンマに。俺は窓際の席に座って時折外の景色を眺めながら、ニーチェの『ツァラトゥストラはかく語りき』を読んだ。

俺は元来本を読むのがキライやった。架空の物語の世界に入ったり、小難しい思想をウンウン唸って考えたり、そんな面倒くさいことをするよりも、スパっと答えの出る問題でも解いとる方が性に合っとった。でも明確な答えのある問題なんて受験を過ぎれば与えられることはなかった。その中で好きなことを見つけて勉強できれば楽しかったんやろうが、というかそれを期待したからこそ大学に入ったんやが、残念ながらほとんど興味の持てるものはなかった、かといって法曹やら公認会計士やら上級公務員やらを目指す気力もなかった。つまり俺は何もやりたくなかった。いや、やりたくなれなかったのか。そんなわけで俺はかなりの虚無感、無力感に襲われとった。大学の講義でレポートの課題が出されても、とても真面目に取り組む気にはなれんかった。ジェンダーについてあなたの思うところを三千字で述べなさい。釈迦三尊像について、わが国の歴史をふまえて五千字で書きなさい。西田幾多郎『禅の研究』を読み、あなたなりに四千字でまとめなさい。などなど、こんなしょーもないレポート書いて、何の意味があんねん。どつき倒すぞホンマ。だいたい、教授も学生のレポートなんて全然見とらん。俺の周りを見ても、必死に文献を漁って、三日三晩徹夜してレポートを仕上げた男の評価は七十点やった。それに対して、インターネットから適当な文章を拝借し、一時間足らずでレポートを書き上げた男の評価は八十点やった。どうも大学というところはわからん。努力が報われん世界や。講義に出席しなくても、情報収集のネットワークさえしっかりできとったら期末の試験を受けるだけで単位が取れる科目も多かった。こんな環境で、学生が本気で学問に励むはずがない。入るのが難しく出るのが簡単という日本の大学のシステムは、俺にはダメ人間量産システムとしか思えない。そら自分の興味のあることができて楽しいとか言いながら、積極的にいろんなことを学ぼうとする前途有望な若者も全くおらんとは言わん。でも俺は元々何かを勉強したいという強い意志を持って大学に来たわけじゃなかった。俺はとにかく学歴が欲しかったから、京都大学という名前を最も重視して、センター試験の結果がイマイチやったときも大学のレベルを下げて法学部を受けるのではなく、京大の中で法学部から文学部に変えた。俺のような「学部より大学名」という受験生は、俺が見たところかなり多かった。早稲田の法と政経と商と一文を全部受けたヤツだって少なくなかった。お前はいったい何がやりたいんや？　というような奴がほとんどやった。俺は何もせずに金がもらえるなら就職なんてせえへん。でも、そうはいかんからイヤイヤながらも就職活動に参加せざるを得んわけや。最近流行りのニートなんて、親が金持ちの奴だけに許された特権階級や。いわゆる高等遊民ってやつ？　とにかく、俺のような向上心も目的意識も薄い人間は大学という場に来たら完全に動きを止めてしまう。そういうふうにできとる。

やがて俺は何もかもどうでもよくなって、講義はほとんど真面目に聴かず、ただ本を読み漁るようになった。本を読むことぐらいしか、退屈を紛らわせる手段がなかった。時間だけが圧倒的に余っていた。しかし、どうもこんなに退屈しているのは俺だけらしかった。俺と一緒に「やる気ねえー」と言っていたやつもみんな自分の趣味を楽しんだり、大学の講義の中で興味の湧いた事柄を深く掘り下げたり、就職活動に向けた対策に没頭したりし始めた。一方俺に趣味や興味なんてものは完全になくなっていた。二十一歳。大学三回生。俺は何をやっても虚しさを感じるようになっていた。自分は何が好きで何が嫌いか、さっぱり見えなくなっていた。あほらしい、が口癖になった。大人によく批判される無気力無関心な若者っていうやつやろか。俺はそれまで長年興味を持ち続けた唯一の趣味・競馬にさえほとんど魅力を感じなくなっていた。あんなものは馬がただ走っているだけやないか。ジョッキーなんてただの重りやないか。いちいち人と馬の感動秘話だのライバル物語だの、人間が勝手に想像して騒いどるだけやないか。ディープインパクト。彼は日本競馬界を背負って立つ英雄であったに違いないが、よく考えれば走りが速いというだけや。足が速いことがそんなに偉いのか。馬の世界では足の速さだけが価値基準や。そう考えると、俺たち人間は恵まれていると思う。足が遅くたって、それで終わりにはならない。他の能力が何か秀でていればよい。それこそ何でもええんや。容姿端麗であるとか、頭の回転が異様に速いとか、話術が巧みであるとか、性格が並外れて良いとか、サッカーがべらぼうに上手いとか、何かひとつでも長所があれば、人間は生きていける。ひとつでも。しかし俺に、長所は何ひとつ見当たらなかった。容姿はイマイチで、頭の回転は遅く、話は拙く、性格は陰気で、サッカーもヘタだった。いったい、俺はどういう人間なんや？少しでも、他人に評価されるような美点はないのか。

俺はツァラトゥストラを内容も見ずにパラパラとめくりながら、なんとなく自分を振り返った。自己分析というのはどうしたっておもしろくない。自分の長所が本心からすらすら言えるような人間を、俺は信じない。しかし世の中では自己アピールがきっちりできる人間が求められている。少しでもそういう人間に近付くには、やはり辛くても己を徹底的に見つめ直すことが必要であろう……

まず、大学の講義に対する姿勢や読書の仕方を見ても、俺は物事を突き詰めて考えることのできるタイプの人間ではない。あらゆる物事を、内容の五、六割程度つかんだところで投げ出している。それは興味がないからということもあるが、ある程度興味の湧いたことに対しても、もう脳が理解を投げ出している。全て上っ面をさらりと眺め、それ以上のことを知ろうとはしなかった。たとえば一枚の絵があって、それに対して「これはセザンヌだ」と言えたとしても、それが何派であるとか、他の流派とくらべてどういう特徴があるとか、その絵が描かれた歴史的な背景とか、そんなところまで知ろうとは思わないし、俺にとってそこまで考えようとすることはただの苦痛である。これはいったいどういうわけか。

思うに、俺は何かに対して全力を出すのが恐いのだ。全力で勝負して、それで負けると、もはや言い訳がつかない。元々力半分でやっていれば、失敗に終わったときに自分に対しても周囲に対しても弁解ができる。俺は本気でやっていなかったから仕方ない、と。俺は自分のすべてをぶつけて、跳ね返されて、無様な醜態をさらすのが恐いのだ。中学校や高校でも、俺は自分が一生懸命に試験勉強している姿を他人に見せることを嫌った。努力量のわりに点数が伸びなかった場合、「あいつは頭が悪い」「要領が悪い」と笑われてしまうのが受験界の常であるので、俺は自分の努力をできるだけ小さなものに見せた。それで点数がよければ、「少しの勉強で偏差値が五も上がった、やはりお前は才能がある」と言われる。そんな具合で今までやってきたものだから、恥をかき、みんなに笑われることに対して全く耐性がない。講義で頓馬《とんま》な発言をして、俺が実は何もわかっていないということが周囲に露呈されてしまったとき、誰にでもそういった場面はあり、「あちゃー」と言っておれば済むものだが、俺の場合は世界が真っ暗闇に包まれたような絶望感に襲われ、唇がぶるぶると震えた。ちがう、たいしたことじゃない。笑ってごまかせ。そう自分に言い聞かせても、震えは止まらなかった。俺は懸命に笑顔をつくったが、あまりにもぎこちない笑顔だったらしく、周囲のみんなは俺のほうを変な顔で見つめていた。そして奇妙な動きをする唇からどんな言葉が飛び出すのか、ほとんど好奇心から耳を澄ましていた。俺はその場を叫びながら逃げ出したい衝動にかられ、それを必死で抑えようとすると全身から汗が噴き出した。なんと情けない姿であろうか。小さな失敗を異様に気に病み、ぎこちない笑顔を浮かべて汗まみれになっている人間。滑稽きわまりない。そのような事態に陥ったとき、俺が被るダメージというのは、自分の発言に対する準備の量に反比例する。特に何の準備もなくふと口にした言葉が間違っていた場合、俺はやはり焦って震えだすだろうが、精神的なダメージはさほどないと見ていい。しかし自分が時間をかけて練り上げた構想が間違っていた場合、他人に否定された場合、俺はそのときに受けた屈辱や恐怖を何日も、何週間も、何か月もひきずり、ふとした瞬間に思い出して苦悶するだろう。自分が受けるダメージの総量をできるだけ小さなものにするためには、物事に真剣に取り組まないこと、それが一番だと考えた。プラスを生み出す考え方ではないが、俺のような脆弱《ぜいじゃく》な人間にとっては、マイナスを減らすことのほうが重要である。もうそれは長い生活の中で俺の体に染み付いているので、俺はもはや何かに対して深く考えをめぐらすことはできなくなっていた。

深い思索ができないのなら、物事の処理能力はどうか。与えられたことをすばやく正確にこなせるか。知的作業が無理でも、単純作業をこなす能力はあるか。というとこれも疑わしかった。俺は基本的に、いわゆる「どんくさい」部類の人間だった。おそらく他の人なら一度でコツをつかみ、当然のようにできることでも、俺は何倍も練習しないとマスターできない。たとえば俺のアルバイト先の塾にはコピー機が置いてあるが、その使い方すらよくわからず、拡大や縮小に失敗して何枚も紙を無駄にした。どうしてか、誰にでもできるはずの簡単な作業、すべての基本となるような最小の作業でさえ俺を平穏な日常から弾き出した。コピーを取ることなどは日常的な、それこそ息をしたり歩いたりすることと同じレベルの行為であるのに、俺のコピーを取る仕方からは日常性というものが全く欠落していた。後ろに人が並びだすと、俺は自分の仕事どころではなくなり、まだコピーが終わっていなくても順番を譲った。こんな俺が将来どこかの企業に入らねばならないのかと思うと、吐き気がした。そして、大学でのパソコンを使ったグループ作業にも俺は当然ついていけなかった。俺はエクセルもSPSSもさっぱりわからなかったし、俺がそれらの理解をしてから様々な課題に対処するよりは、最初からパソコンに詳しい人間や飲み込みの速い人間にやらせたほうが効率がいい。俺は完全に参加をあきらめて頭を使わない作業だけを手伝った。俺の数倍は優秀な人間が作り上げた書類を俺はアホ面を下げながらコピーし、ただただホッチキスで留め続けた。

つまり、俺という人間は「無能」の一言に集約される。無能の人である。そして当然、つげ義春の大ファンである。

*

そんな無能な大学生が一、二回生の頃何をやっていたかというと、俺の生活は主にオナニーと睡眠で構成されていた。オナる。寝る。オナる。寝る。その合間に大学へ行くのだった。なんたるバカであろうか。いまだかつてこんなバカがいたであろうか。

まあ聞くところによると結構いたのであるが。それで講義はおもしろくないと言って寝て、試験の直前だけ勉強してギリギリで単位を取得するのである。ギリギリだろうが単位を取れれば俺はそれで満足だった。脳みそは半ば腐っていた。オナニーする時には高校時代はエロ本を使っていたものだが、大学合格時に祖父にノートパソコンを買ってもらってからはインターネットが大活躍。エロ画像も無料動画も見放題となったので、エロのために散財することもなくなった。お気に入りのエロサイトを毎日一通り巡回して、気に入った画像や動画を落とし続けた。高校時代は単なる裸の画像一枚で興奮していたものだが、やはり慣れというのは恐ろしいもので、普通の画像に物足りなくなってきた俺はSM系やスカトロ系のものまで見るようになった。そのあたりで俺は少し自分の頭がおかしいのではないかと疑い始めたが、中には必死でロリータ画像のモザイクを外そうと、マスクがどうとか喧々諤々《けんけんがくがく》の議論を交わしているやつらもいたし、インターネットのとある掲示板を見ると金粉モノや獣姦モノばかり集めている奇特な人間も存在するようだったので、俺は安心してお下劣画像を収集した。

この世は相対評価でできている。俺より変態なヤツばかりが集まればそこでは俺は最も正常な人間として評価されるのだ。俺はいつも自分より下を見て心を落ち着かせるクセがある。なんだか情けない気もするが、これは程度の差はあれどんな人間にも当てはまることだという気がしていた。学校のテストだってそうだろう。八十点のやつは七十点のやつをバカにするし、七十点のやつは六十点のやつをバカにしていた。クラスで一番下のやつは顔をゆがめて笑っていた。一度そいつの家に遊びにいったことがあるが、部屋に日記が置いてあり、恐る恐る中を見たところ「みんなバカにしやがって、ちきしょう、ちきしょう」と書きなぐられていた。そしてその人物こそが今の親友、西岡である。やつは高校では最下位だったが、一浪して奇跡的に同志社大学に合格していた。世間的には十分な高学歴である。つまり、人と比較してどうか、それも同じステージ、同じフィールドの他人と比較してどうか、という一点に人生というのは左右され続けるのである。絶対に競争から逃れることはできない。って何の話や。まあ、ネット上でそういう変態どもの存在を確認して勇気付けられ、俺は地道に画像や動画をストックしたのだが、それにもやはり飽きてくる。

そこで俺はまた妙なことを始めた。自分で描いた絵で抜けるか、という検証を始めたのだった。俺は昔、今や伝説的な陰気グループとして名を馳せている「南小学校マンガクラブ」に所属しており、本気でマンガ家になろうかと思ったこともあったので、そこそこに絵は描けた。自分で何か描けと言われると難しいが、模写ならかなり正確にこなすことができた。俺は高校時代に買ってホコリをかぶっていたエロマンガを取り出してその絵をひたすら自由帳に写しまくった。自由帳なんて使ったのは十年ぶりぐらいだった。最後にはかつて男子校生の間で「黄チャート」と呼ばれていた教典『ふたりえっち』なるマンガの絵までをも写した。俺の描いた絵は半年で百点を優に超えていたし、描けば描くほどにうまくなった。模写するだけなら元のまま使えばいいじゃないか、という声が聞こえてきそうだが、自分で描いた場合横に自由にセリフを書き足すことができる。俺の名前を叫ばせることもできる。それに何より、俺は絵を描くことが好きだったのだ。

俺は文字通り自画自賛を繰り返し、ほとんど毎日手製のエロ画像を作成していた。しかし、結果的にはそれらの絵を使って抜くことはほとんどなかった。自分の都合の良いようにセリフや場面を設定した絵なので見て勃起はするのだが、フィニッシュとなると「これ描いたの俺やねんな……」という思いが芽生えてしらけてしまうのだった。俺は粘りに粘ったが、最終的に「自分の絵で抜く」ことはおよそ不可能であると判断し、いつしか絵を描かなくなった。やはり他人の作ったものを使うのが一番である。既製品が一番デキがよいというふうに相場は決まっている。バレンタインデーには女の子が手作りチョコを作るという噂は聞いているが、おそらく俺が普段食べているブラックサンダーを越える品は素人には作れまい。そういうことだ。

さて、自作の絵で抜くことに挫折した俺は、今度は自作のエロ小説を作ることにした。人間ヒマだとロクなことをしない。それこそ市販のエロ小説でいいじゃないかという話だが、やはり自分には自分だけの嗜好や欲望というのがあって、万人受けを狙いがちな商業小説ではかゆいところに手が届かないといった事態が頻発する。自分用エロ小説を作る場合、これは抜きどころさえあれば他の部分はいらない。自分が納得できる必要最低限の状況設定だけを考えれば、あとはオチも何もいらないのである。その昔読書感想文コンクールで審査員に絶賛された俺の筆力を持ってすれば、一場面だけを描ききることは造作もない。口説く過程もいらないのでいきなり自分の家に連れ込むことができる。実際には実家暮らしの俺も利便性を考え一人暮らしという設定にする。そこからは好き勝手な妄想を炸裂させて楽しんでいた。とある官能小説の一部分の、女性の名前だけを中学時代の知り合いに置き換えたりもした。絵とは異なり、文字の情報は「これ書いたの俺やねんな……」という思いをさほど惹起しなかった。恐らく、絵に表れる俺特有の癖みたいなものが、文字にはなかったからであろう。素人もプロも、書いてしまえば文字は文字。文字最高。文章万歳。半笑いで大学ノートに壮大な酒池肉林の夢を刻み続ける俺はまさに狂人であった。

しかしこの楽しみを妨害する大きな障害が発生してしまった。それは「母親」だった。気まずさ爆発の中で生活するはめになった俺は一切の創作活動を停止することになる。こうして生活の八割を占めていたエロ関係の活動が失われ、俺には当然のごとく膨大な時間だけが残された。ちょうど大学の三回生になる頃だった俺は時間をつぶす方法のひとつとして、一時期不純な動機から取り組んでいたことのある読書を選んだ。それは、使えない絵を描いたり恥ずかしい小説を書いたりネット上のサンプル動画でひたすらオナニーするより、はるかに有意義なことだった。

そういうわけで俺は、通学電車にニーチェなど持ち込むようになったのである。しかし、どの角度から見ても、俺というのはつくづくくだらん人間やな……脳内にひびく言葉は自分が最低最悪の人間だという結論に至ってひと区切りがつき、俺は手元の本に目を落とした。そうそう、このニーチェを読み始めたのは、１９００年狂死、という紹介文に惹かれてのことや、狂死やなんてカッコええやんか、なんでも最初の入り方なんてそんなもんでええんや。どんなことでも、みんな最初は形から入るに違いない。タバコと一緒や、あんなもん、周りが吸ってるからとか、カッコいいからとか、最初はそんなんや、それでだんだんやめられんようになって、最後肺ガンになって死ぬんや。心より恥じる、財前五郎。俺はニーチェが友情について書いてる章を読んだ、あなたの同情は推察でなくてはならない、あなたの友が、同情を欲しているかどうかがまずわかっていなければならない、友があなたにおいて欲しているのは、非情の眼と、永遠に澄んだまなざしであるかもしれない。そうや、こいつはいいことを言うとる、俺は同情なんかされたくない、同情というのは「かわいそう」という念や、かわいそうというのは自分より下の人間に向けてしか発せられへん言葉や、この言葉を聞くと俺は、近所のおばさん連中が、誰々が離婚したらしいわよ、気の毒だわねぇとか、誰々の息子さんが大学に落ちたらしいわよ、気の毒だわねぇとか、好き勝手な噂話をしているときのいやらしい微笑を思い浮かべる。これはもっとも醜い種類の笑みである、同情なんて誰も救わない、そして誰も実は同情なんてしていない。その点西岡はよくできとる、過剰な同情心なんか見せずに適切な対応をとる、そういうことが無意識にできとる、そやからあいつはいつも笑顔で友達に囲まれとるし、どこに行っても人間関係で悩むようなことはなさそうに見えた。確実に俺とは逆サイドの人間や。しかし俺はみんなにどう映ってるんやろか、だれか俺のことを評価してくれる人間がおるやろか、何か人の役に立つようなことができとるやろか。多分何一つできてない、俺は人に対するさりげない親切とか、親身なアドバイスとか、そういうことができん、何か行動したり、考えたりしようとすると途端に全部どうでもいいと思ってしまうから、何してもテキトーになる。それはやっぱりみんなに伝わってると思う。それどころかここ数か月ぐらいは人との接触を極力避けてきたし、友達から誘われても最初は断りきれずに直前になってドタキャンっていう最悪のパターンを連発した。もう誰も俺に良い印象は持ってないやろな。付き合いの悪い、ノリの悪い、いてもいなくても同じ路傍の石、というところか。未だに一応誘いが来るあたり、人が人を見捨てるには数か月では足りんということやな。意外と長い試用期間やわ。

まもなく大阪、大阪です。

あれ、気付かんうちに滋賀から大阪まで来てしもうた、京都で降りなアカンかったのに。まあええわ、今日の講義なんて一回ぐらい休んだかてたいしたことあらへん、どうせ行っても話聞かんと寝るだけやさかいな、代返頼むのはうっとうしがられるやろしやめとくか、このまま電車で行けるとこまで行ったろ。うわ、ヤバイ、隣にすごいギャルが座ってきた、派手やけど美人や、俺は基本的に女はキライや、いや、キライではない、苦手といったほうが正しい。女、しかも美人の女に横に座られたらもう本になんて集中できん、これは俺が男子校出身やからやろか、すぐにエロい眼で見てしまう、人間としてではなく肉体として見てしまう、ほとんどエロ本とかＡＶの中にしか女というものを見てないせいや、大学で多少は女としゃべったけど、やっぱり高校時代に築き上げられた俺の本質、アイデンティティというのはもう一生変わらん気がする。そうや、現役で大学落ちて浪人したときもそうやった、自習室で勉強してて、近くにかわいい女の子が来るともう挙動不審になっとった、向こうは俺のことなんか全然見てないのに勝手にそわそわして、英語の長文なんかひとつも読めんようになって、仕方なく単語の丸暗記を始めた、そんくらいなら集中してなくてもできるからや。今思い返すと、ずいぶんアホなことで貴重な時間を無駄にしたと思う、予備校の生徒が男だらけやったら俺はセンターで九割五分ぐらい取って二次の数学なんか満点取って、余裕で京大法学部に入って今頃司法試験なんか志して、LECやら伊藤塾やら入って、一日三十時間ぐらい勉強して泡吹いてたに違いない、それくらい女のせいで人生が変わったという確信がある、ロクに接触もしてない女のせいで。

そういえば、俺の友達で司法試験と国家I種試験の同時合格を目指す権力欲・名誉欲の権化みたいなやつがいた、その名を阿久津という。国家I種試験というのは公務員の最高峰・キャリア官僚を選抜するための、非常にムズかしい試験である。こいつは高校在学中から「東大以外はクソ」と言ってはばからんかった、「現役で東大文Iに合格できなかったら自殺する」と周囲に言いふらしていた、ああそうですか死んでください、とも言えないので、おう、そのくらいのつもりで一緒にがんばろうな、とか言っていたのだが、結果的には俺は京大法に三十点ほども足りずに落ち、阿久津は東大文Ｉに一発合格したのだった。まあ、お前はあと一年がんばれよ、と言い残し意気揚々と東京で一人暮らしを始めた阿久津、そんな彼からは俺が予備校にいる間も盛んにメールが届けられた。高校時代は常に自信満々だった阿久津も、東大の中で優秀な人物に数多く触れて不安を感じ出したようだった、そのメールはいちいち長かった。

「おい伊村、少し聞いて欲しいんだが、俺の周りの友人で国Ｉを目指していた奴がいたが、その子は行きたい省庁がないということで、司法試験を受けると言い出したんだよ。で、夏休みに国Ｉ、司法試験ダブル合格という夢物語を考えていたものの、やはり在学中には無理だと悟った俺は諦めて国Ｉ上位合格を目指しているのだが、その子の意志に動揺した俺は、自分も司法試験に合格しなくてはダメなんじゃないかと思ったんだよ。何しろ、中学受験で四校に落ちた俺は自分の頭が悪いということを必死で隠そうとしてがんばってきた。しかしこのまま国Ｉに合格しただけでは将来理想的な結婚をしようという時に、『あなたいくらキャリア官僚でも司法試験も受かってないようじゃ真のエリートとは言えないわね！　あなた、中学受験でも失敗してるんでしょう、頭悪いんじゃないの、さようなら』なんて相手に言われそうじゃないか。

やっぱり俺は司法試験に受からないと許されないんじゃないだろうか。それで受かっても法曹の道に入ろうとは思っていないし、自尊心を満たすという以外に意味はないのかもしれない。だが、俺は本当に迷っている。国Ⅰの上位合格に専念すべきか、司法に挑戦すべきか、わからないんだ。俺、受験が終わってから初めて気付いたんだが、受験勉強に必死になってないと体が変なんだよ、仮面ライダー龍騎の浅倉威（仮面ライダー王蛇に変身、残忍な犯罪を繰り返し、辣腕弁護士の手腕をもってしても懲役十年になんとか軽減できたぐらいの凶悪犯、暴力大好き）じゃないが、殴るか殴られるかしてないと気が狂いそうなんだよ」

半分以上意味がわからなかった。ああそうですか好きにしてください、とも言えないので、うーん、俺なら国Ⅰに絞るけどな、どっちつかずになったら最悪やからな、まあ、お前の納得いく選択をしろよ、とか言っていたのだが、結局阿久津は両方の試験に本気で取り組んだ。阿久津はそういう男やった、司法試験の方は二次試験の論文で落ちてもうたらしいが、いいセンはいっとった、そして大目標の国家Ⅰ種試験の一次に通りよった。国Ⅰの一次というのはマーク式の短答と、記述式の論文からなるらしい、阿久津は短答を五十位で切り抜けたのに、論文が終わったら九十八位になっとった、阿久津の第一志望は人気の警察庁で、一次は五十位以内に入っとかんと厳しいと言われてたから、合格したにも関わらずひどく落ち込んどった。でも、二次の面接は初志貫徹、警察庁と第二志望の防衛庁（現防衛省）を回りよった、でも両方最終面接で落とされよった。つい最近のことや、阿久津は俺に電話をかけてきてボロボロ泣いた。

なあ、俺はここまで警察庁に入るためだけにすべての時間を注いできた、なのに、面接で落とされるなんて、一次の点が微妙だったとは言え、面接で落とされるなんて、どうすればよかったと言うんだ。確かに俺は人間性に問題があったのかもしれない、いろんな局面で挫折した人を見て俺は、心が弱いからだとか、能力がないからだとか、努力が足りないからだとか、さんざん馬鹿にしてきた。俺はあんなふうにはなるまいと思って、ひたすら上を目指してきた。でも本人の努力とか能力だけではどうにもならないこともあるって、やっとわかった。多分俺の精神的な程度の低さ、他人の痛みがわからない、あるいは理解しようとしない性質というのを見抜かれたんだと思う、それでは社会に出てからうまくやっていけないよと、そういう判断だったんだと思う、でも俺だって必死だったんだ、挫折した人に共感するということは自分の挫折へつながる、自分が挫折した時に自分を許してしまうことにつながると考えたんだ。それで徹底的に、意図的に、敗者への優しさとか同情というのを排除してきた、わかるか、俺は崩れ落ちそうな、脆弱な自分の精神を保つために、そうする他なかったんだ。でもそれは否定された、もう俺の人生がすべて否定されたようなものだ。俺が友達と遊びもせずに泣きながらZ会の課題をこなした中学時代、部活にも入らずに時々仮面ライダーの映画を見に行くことだけを楽しみにして勉強に没頭した高校時代、サークルにも入らずダブルスクールでひたすら司法試験と国Iの問題演習を続けた大学での生活、どれだけ辛かったかわかるか。確かに一連の受験勉強それ自体が俺にとっては楽しいものだったが、人並みの青春を味わいたいという思いは俺にだってあった。それが全くない生活にずっと耐えてこられたのは、将来警察庁に入って、日本国を担っているという誇りを持ちながらイキイキと働いている自分、それを思い描いていたからだ。でももう終わってしまった。民間では二社、鉄道会社と新聞社を受けたが両方落とされた、対策なしでいったから落ちたこと自体は仕方ないが、面接で俺は東大だというだけでイヤミを言われた、他のヤツに対する態度と明らかに違った、これだから民間はイヤなんだ、まったく、生きていく上で学歴は高ければよいというわけではない。その点、官僚の世界は東大が多い、きっと住みやすいはずだった。でもそこからもはじき出されたんだ。東大生の中では能力不足、いや精神の程度の低さから見切りをつけられ、そこを出ると今度は鼻持ちならない東大生という眼で見られる。俺は東大にプライドを持っているから、そしてそれを隠そうとはしないから、必ず嫌われる。いまさら隠そうとしたって、これは俺の中に染み付いているから、どうしてもにじみ出る。もう生きる場所がない。

というようなことを阿久津は泣きながら言った。こういうとき俺はどうしていいかわからない。まず、阿久津と俺の構造が違いすぎる、別に俺はもう学歴にプライドを持ってはいないし、社会的地位とか名誉がほしいわけではないから、こういう苦悩は俺とフィールドが違う。俺が悩んでるのはそういう高い次元のところやない、阿久津は多少歪んでるとは言え、自分という人間に自信を持って行動した、その上で挫折した、でもこういう挫折は必ず強いバネになる。俺みたいに生きる意味を見失ってるわけとちゃうから、また再起できる、正しい挫折や。その点俺は自分に自信がない、挫折ともなんともつかないようなつまらない失敗を繰り返して、そのたびに最初からない自信をさらに失うけれど、別に努力によってそこから巻き返そうとは思わない。思うことができない。昔はそんな気力もあったのだが、それは明るい未来を信じていたから。受験勉強に必死になれたのも学歴がよりよい未来を提供してくれるという確信があったからや。でももう、いまや未来に期待はない。良い大学に入って、良い企業に入ったから、何だろう。良い企業に入って、良い妻をもらって、明るい家庭を築いたから、何だろう。結局、そんなものはすべて砂上の楼閣である。基礎のしっかりしない、人間などという不完全なものが作り上げるものはすべて不完全である。どんなものでもいつ崩れるかわからないという思いが俺に深く巣食っているので、人が将来こういうことがしたいとか、この会社に入りたいとか、子供は二人欲しいとか、マンションじゃなくて持ち家に住みたいとか眼を輝かせながら語っているのを聞いても、俺はハイハイ、がんばってくださいね、という感じやった。まず、たいていのやつがそううまくはいかんのや、就職試験で第一志望の会社に入れるやつは少ない、そして家庭を築いたとしてもそれが思い通りの形をなすことはない。

俺の家では、妹は父さんのことを気持ち悪いといって口もきかん、母さんは子供のことは溺愛しとるけど、父さんのことなんてもう愛してないように見える。俺は将来金を稼ぐだけで実際にその場にいたら疎ましがられるような、そんなアホな存在になりたくて生きてきたんやない。まあそこそこうまくいってる家庭かてあるとは思う、でも俺はそんな、うまくいってる家庭なんてものも信用ならんと思う。今が良くても人間はいつ心変わりを起こすかわからん、家族なんてそういうアテにならん人間の単なる集合体であって、一撃でバラバラになる薄っぺらい友人関係とか仕事仲間とか、そういうものと大差はない。目に見えない何かなんて一瞬で崩れる、絆なんてもんは一瞬でブチ切れる。そやから結婚なんていう制度があるんと違うか。もし一人の人間を愛して、ずっとそこから離れないというようなことができるなら、結婚なんていう形は必要ないんと違うやろか。これは人が人を信じていないが故の制度ではないか。信じる、とはいったいどういうことやろうか。

俺には、この「信じる」という言葉もきわめて空虚に感じられる。人は相手や場面に応じて多様な顔を使い分ける。そればかりか一秒たりとも同じ人間でいることはなく、刻一刻と変化するものであるから、一人の人間を全的に肯定することは危険である。いかに仲の良い友達であろうと、自分に向けられる友達の顔だけが全てだと思ってはならない。彼は俺がいないとき、別の友達と俺の悪口を楽しく話す。残念ながら他人の悪口、陰口は会話の中でも最も盛り上がる愉快な話題のひとつであり、その魅力から逃れられる者はいないはずだ。話題に窮するや否や、人は共通の知人の秘密を洩らし合ったり、悪口を言い合ったりし始める。これは一部の偉大なる道徳的人間を除き、大部分にあてはまることだ。とにかく人間というのはそういう生き物なんやから、絶対に、一人の人間を信じ切ったらあかん。信じるということは、裏切られるということと同義や。これは結構、真理に近いと思う。

この世に友情や愛情を神聖視する論調は多いが、俺のこれまでの二十年あまりの短い人生においてさえ、それが簡単に否定される瞬間が何度も目前で繰り広げられた。たとえば、たった今仲良く話していた友達の一人が去った瞬間、あいつの彼女は不細工だとか、あいつの話はほとんどウソだとか、あいつは頭が悪いくせに自分を大きく見せようとして偉そうなことばかり言っているとか、あいつは短気だから扱いに注意しなきゃならんとか、びっくりするほどの誹謗中傷がなされた。俺はそれを聞いて笑っていたが、席を外せば俺も同じ目に遭うのかと思うと背筋が寒くなった。女は彼氏とイチャイチャし、さぞお付き合いがうまくいっているんでしょうと思ったら「じゃあまた明日ね」と別れた瞬間に彼氏への不満を周囲に吐き散らし、セックスが下手だとか、電話がうざいとか、家が貧乏だとか、服のセンスが悪いだとか、会話にもセンスがないだとか、びっくりするほどの誹謗中傷がなされた。俺はそれを聞いて笑うこともできなかった。人は人をけなす。年を重ねて人間が成熟してくると無闇に人を馬鹿にすることは減ってくるようだったが、それは心の中を露にしない術を経験によって心得たというだけで、本質的な成熟ではない。人間などというのは、絶えず自分を他人より上に置いておきたい動物である。それは自尊心をむき出しにして歩いている一部の特異な人間に限定されない。物腰が柔らかで一見菩薩のような徳を備えた人間でさえ、自己の優越を喜ばないことはない。同じ大学を受験し、自分が合格して相手が落ちた。同じ講義のレポートを書き、自分は優で相手は可だった。ディベートの講義において、自分の意見が賞賛され相手の意見は否定された。競馬場に出かけ、自分は勝ち相手は負けた。合コンへ行って、自分の話は受け相手の話はスベった。こういったとき、人は醜い笑みを浮かべるものだろう。自己の優越を誇り、他者の劣等を嗤《わら》う笑みだ。それを巧みに隠す人間もいるが、俺はそういったとき人の顔を細部まで観察することが癖になっていたので、わずかな表情の変化も見逃さなかった。見る限り例外はなかった。どれだけ仲の良い友人であっても、その成功を無条件に祝うことのできる人間なんていやしないのだ。先ほどの例で、同じ大学を受けて自分が落ち相手が受かった場合、この二人がいわゆる「親友」同士であったとしても、落ちた方は苦痛に顔を歪めながら相手を祝うふりをするのが限界だろう。俺が大きな「勝負」の舞台として経験したのはまだ高校受験、大学受験程度のものであるが、おそらくその後の様々な競争、たとえば入社試験でも、社会に出た後の出世競争でも、本質は変わらないはずだ。

つまり、相手を祝うことができるのは、自分がその相手よりも優越した立場に置かれているか、少なくとも同等である場合のみである。

「友情」とは、世間一般で言われているような美しいものでは決してない。「友情」は、自分よりも全面的に優れた相手には作用しない。周りを見ても、クラスだとかバイトだとか会社だとかの半強制的集合を除き、一つの自然な集団を形成しているのは同レベルの人間ばかりだと言い切ることができる。様々な人間が集まっているように見えても、それは容姿、性格、能力を総合して、やはり全員が同じレベルだから集まっているのだ。そしてそれぞれが、自分が相手より優れているポイントというのを探し探し、談笑している。こいつは俺より頭が悪くて話が下手だ、あいつは私より容姿が醜悪でオトコの関心を惹けていないわ、という具合に。そんなだから、世にあふれる、いわゆる「仲良し集団」のほとんどは些細な一撃によってさえバラバラに砕け散る。俺は、真の信頼関係によって結ばれた美しい集団、もしくは二人というものを、虚構の世界の外でいまだ見たことがない。テレビでは企業のサクセスストーリー、社員が一丸となって成功を手にしたとかいう話をよく見かける(俺の父親がその手の話を好餌《こうじ》としているからかもしれないが)。その社員たちはやはり多少の能力の差はあれど、一人ですべてを担えるほどの天才がいないから集まっているわけで、それぞれに確かな役割が与えられる。役割すら与えられないほどの愚図はその前に淘汰されている。そして残った、ある一定以上には優秀な社員それぞれが誇りをもって自分の役割を果たしたという、ただそれだけのことである。集団がひとつの目標に向かっているときの連帯感は「信頼」「友情」といった幻想を生み出しやすい。そのときの「信頼」とは仕事の手腕に関する一面的な信頼であり、一人の人間をすべて信頼しているわけではない。「友情に裏打ちされた信頼の勝利」などではない。そして、いくら仕事上支えあってきた人間同士であっても、いつかランクに差が生まれてくる。元々同じようにがんばってきたはずの複数人に差がついてしまった場合、彼らの間には埋まることのない溝が生まれる。上に立った人間は申し訳なさそうにしながらも心の底で低く笑みを湛え、下に残された人間は納得のいかない思いを腹に抱える。二人の間には確固たる上下関係が生まれ、「友情」は作用しなくなる。「友情」とはその程度のものである。仮にもある特定の相手と「友情」を保ちたいなら、一番良い方法はまず彼と同じフィールドに立たないことだ。全く別のフィールドに生き、そして相手を大きく越えたり下回ったりしないことだ。もしそれができなくなってしまった場合は他に友人を求めることが必要となる。「友情」には状況に応じた定期更新が求められる。

これに対し、「愛情」はどうだろう。これもまたわけのわからない聖域のようなものの中にその身を置いている。世間の男女連れを見ると、おそらくそのほとんどが表面上は満面の笑みを浮かべて、手をつなぎ、買い物だの食事だのを楽しんでいるように見える。はち切れんばかりの幸福に満たされているように見える。だが、それが本当に内面までも満たす真の幸福なのか？　隠し事もなく互いが互いを純粋に愛しているのか？　これは甚だ疑問であると言わざるを得ない。円滑に交際を続けてゆくためには必ず嘘が必要とされる。人間が本性をそのまま全てさらけ出して他人と、しかも特定の相手と長い間問題なく付き合っていくということは不可能である。恋愛の初期においては相手を盲目的に全肯定することも可能だろうが、人間が同じ相手をずっと愛することはできない。人が兄弟姉妹に恋愛感情を持つことがない、あるいは少ないのは、一緒に過ごす時間が長いからだ。人は飽きる。必ず飽きる。やはり「結婚」という形式は社会が空中分解しないための一つの装置でしかないように思われる。結婚が幸せの代名詞のようになっているが、これは何らかの陰謀に過ぎず、本当は逆ではないだろうか。結婚は人生の墓場、という有名な文句を俺は支持したい。幸せを感じている人は結婚している人に多い、という統計はあるが、果たして本当だろうか？　そういう人々は無理やりに思考を麻痺させているのではないか？

そして、他人を信じるとか愛するとかいう以前に、俺は自分という人間さえ信じていなかった。一秒ごとに、俺という人間はその姿を変えてゆく。昨日はAが好きだったし、今日はAが嫌いだった。本当に自分がよくわからなかった。地に足のつかない俺の考えや言動には俺自身が辟易《へきえき》していたし、そんな俺の話を聞いてくれる数少ない人々はさぞ俺のことをうっとうしく思っていることだろう。俺という人間は全くもって支離滅裂なのである。俺には基本的に自分の確かな意見というものがないので、ついその場で通りの良い方の意見を採用する悪癖があった。多数決では必ず多数の方に味方した。そうすれば自分は人に埋もれて、注視されることはないからだ。人から注視されることは俺が最も恐れる恥の源泉だった。だが、その迎合主義も行き過ぎるとさすがに「あいつはヘラヘラ笑ってばかりいて、何を考えているのかわからん」という評判が立ち始める。どの集団にいてもだんだんと影が薄くなり、俺の言葉には誰も耳も傾けなくなった。存在意義が完全に消滅したのだ。枯れ木も山の賑わいというが、人はいれば良いというわけではなく、いない方が場の空気が良くなることも多々ある。そして俺は、いない方が良い人間につねにカテゴライズされた。俺はできる限り人との接触を避けた。そして自分を必要としてくれて、つまらなくて支離滅裂な俺を認めてくれる限られた人とだけ接触するようにし、その一部の人にだけ、できるだけ本音に近いことを話すようにした。それが一番楽だった。そんなだから、恋愛だなんて地獄のようなものだと思っているし、結婚などは無間《むげん》地獄のようなものだと思ってしまう。

しかし、そんな俺でも大学一回生の頃、半年の間だけ、世間で言われるような型どおりの幸せにおぼれた。相手は、俺の自己診断なのでもしかしたら間違っているかもしれないが、境界例っぽい女だった。そんなに簡単に判断できる病気ではないらしいが、おそらく境界例だったのだ。うむ。間違いない。名前はもう思い出したくもないが、綾香という。付き合い出したきっかけは二人で酒を飲んでいてちょっといい雰囲気になってエッチなことをしてしまった、というなんとも不健全なものだったが、おそらく酒の勢いがなければ男子校出身の俺は何もできなかっただろうから、よしとする。正直に言うと俺は綾香と付き合っていた半年の間だけは、自分の存在に心から意味を感じることができた。この女はかわいくて気が強くて恐ろしく頭の回転が速かったが、大事なところが馬鹿だった。でも、そんな馬鹿な彼女に振り回されるだけ振り回された俺も相当イカれていた。

たとえばこんなふうだった。

*

当時、俺は今と変わらず滋賀の自宅から大学に通っていたが、彼女は東京から京都へ出てきて一人暮らしをしていた。

付き合って初めて彼女の部屋に呼ばれたとき、俺はかなりドキドキしていた。彼女の部屋はキレイに片付いていた。本棚を見ると、俺が読んだこともないような難しそうな本がズラリと並べられている。それを俺が眺めていると彼女が話しかけてきた。

「ショウちゃんは何か本読んだりするの？」

ショウちゃん。そんなふうに呼んでもらえることがこの上なくうれしかった。

「俺本全然読まへんねん。最後に読んだのは高校のとき流行ったバトル・ロワイアルかな」

「あんなの分厚いだけでおもしろくなかったでしょ」

いや、結構楽しめたけど、と言いかけて俺は彼女が少しこっちを睨んでいることに気付いたので、俺は「うん、あんまりおもしろくなかったわ」と返した。趣味は合わないよりも合うほうがいい。別に取り立てて好きだったわけでもない『バトル・ロワイアル』のせいで価値観の違いを感じさせる必要もない。

「だよねぇ。あたしは安吾が好きなの」

「アンゴ？」

「そう、坂口安吾」

「誰それ？」

「知らねーのかよ！　坂口安吾だよ！　『白痴』の人！」

「『白痴』って、谷崎潤一郎じゃなかったっけ」

「そりゃ『痴人の愛』だよ！　てめーほんとバカだな」

なんだかすごくバカにされているが、仕方ない。彼女はとても聡明で美人で元々俺なんかが手を出せる人ではなかったのだ。二人の上下関係が早くもハッキリして俺は頭が上がらなくなっているが、これは甘んじて受けなければならない。

「ご、ごめん、あんま本とか知らんくて」

「ほんっとつまんねー野郎だな」

「ま、また読んどくから！」

「お前が読んでもわかんねーよ多分」

「『白痴』がいいの？」

「そうだよ、あたしその中の、『青鬼の褌を洗う女』の主人公が好きなの」

やばい。早く坂口安吾の『白痴』を読まなければ見捨てられてしまう。それだけは避けねばならない。彼女を失ってはならない。とりあえずその夜は抱き合って寝た。

彼女はとても温かくて、抱き合っているときだけは優しかった。ツンデレというやつかな、と俺は思った。

翌日大学が終わったあと、俺は行きつけの京都三条ブックオフに直行した。坂口安吾の『白痴』をゲットして速攻で読むためである。白痴、白痴……ない。坂口安吾の著作で置いてあったのは『堕落論』という本一冊のみだった。確かこの『堕落論』も彼女の部屋の棚に並んでいたはずだ。少しめくってみると、短い評論がたくさん収録されていた。文学のふるさと、日本文化私観、芸道地に堕つ……その中でも表題作となっている『堕落論』を少し読んでみる。

「半年のうちに世相は変った。醜の御楯といでたつ我は。大君のへにこそ死なめかえりみはせじ」

あぁん!?

俺は最初の数行を読んでキレた。そして真っ青になった。意味が全くわからない。まさか坂口安吾がここまで高い壁だとは思っていなかった。何を隠そう俺はセンターレベルの古文でさえ満足に読めずに半分捨ててかかった男だ。それは他でカバーできると思ったからだが、ここにきてその不完全な受験戦略が響くとは……

醜の御楯？　へにこそ？　死なめかえりみはせじ？　品詞分解しなければ。しかし一文一文そんなことをしていたら一冊読むのに一年はかかってしまう。やばい。やばすぎる。しかし読まなければ終わる……まあ、とりあえず買ってみるか。インターネットか何かで調べればちゃんと意味もわかるかもしれない。まとめサイトがあればそこを見て全体の流れだけでもつかもう。次に彼女に会うまでに、必ず内容を理解しておかねば。

俺は家に帰って腰を据えて堕落論を読んだ。よく見たらわけのわからないのは最初の数行だけで、あとは普通の日本語で書かれていた。よかった、まだ見込みはある。安吾の野郎、最初を難しくしておけば、俺のような興味もないのに彼女とのコミュニケーション目的で読もうとする馬鹿をはじけると思ったんだな。甘いぜ、俺はやるときはやる男だぜ。

その夜はインターネットを検索しながら堕落論を本気で読んだ。表題作の堕落論は意外に短かったので、その他にもいくつかの評論文を読んだ。一冊ほとんどすべてを読んだかもしれない。しかしやっぱり興味のあることはその中にはほとんどなかった。天皇にも戦争にも興味はなかった。俺は元々、格闘技と競馬ぐらいにしか興味はなかった。だが付け焼き刃程度でもよいから安吾の言うことを一通り理解せねばならない。俺はない頭を振り絞って、本に線を引き引き懸命に考えた。そして自分なりに重要点を小さなノートにメモして、通学途中に何度も読んだ。

俺はほとんど徹夜で大学に到着することとなり、講義で度々気絶し、その帰り彼女の部屋へ寄った。

「白痴はなかったけど、堕落論読んだでー」

「あっそう、あんたにはおもしろくなかったでしょ」

「いや、結構楽しめたで」

「バトル・ロワイアルよりも？」

「そ、それは比べられへんやろ、ジャンルが違うから。安吾はなんか、自分の言葉で書いてるっていう感じがしてええなあ」

「馬鹿っぽい感想ー。あんたそれホントに思ってる？　てゆーかさ、私は白痴を勧めたのになんで堕落論を読んじゃうわけ？」

「や、なかったから」

「なかった？　どこにでもあるはずだけど」

「ブックオフで探したから」

「私のオススメ図書には百五円しか払えないってわけ？」

「いや、そういうわけじゃないけど、本はブックオフで買うって習慣になってて」

「ああーそう。どうでもいいよもう。あんたに読書は期待しないよ」

「そ、そう……堕落論は読んだんやけど」

「あー聞きたくない。どうせ上っ面しか読んでないんだからあんたは」

一日本気で読んだものの、やはりその指摘は正しかったので俺は黙った。そのあと大学の単位の話や、共通の友人の笑い話をしてから、その夜も抱き合って寝た。彼女の柔らかな肌が心地よかった。

しかしながら、夜通しの努力が水泡と帰したことがかなり悔しかった俺は、少しでも読書をして彼女にふさわしい男になろうと決めた。一夜漬けでなんとかしてやろうというのが間違いだった。まずは彼女の本棚においてあった本を少しずつ読み進めよう。俺がかろうじて聞いたことがあったのは太宰治の『人間失格』ぐらいのもので、他はわけがわからない。俺はやはりブックオフで『人間失格』を購入して毎日大学の講義の時間に読んだ。彼女から借りなかったのは、本を汚してはいけないからだった。俺は彼女が、本に折れ目をつけて返したりしたら発狂するタイプだと直観的にわかっていたのだ。活字慣れしていない俺にとって読書は苦行のように思われたが、とりあえず人間失格を読み始めると、俺はその内容にぐいぐい引き込まれた。最初は、主人公の思考回路は俺に似ている！と思い感動したのだが、この本は売れに売れているし帯にも「この主人公は自分だ」とか謳われているので、まあ、俺がたまたま主人公とかぶっているのではなくみんな似たり寄ったりの考え方をしているんだろうなと思った。しかし生まれて初めて最初から最後まで、楽しく一気に本を読み通すことができた。それで、読破したその日に綾香の部屋に上がり（この頃週に三回は彼女の部屋に泊まっていた。彼女からの要請だった）人間失格の話をしようとしたところ、彼女が真剣な面持ちで話を始めたので俺は黙った。

あろうことか綾香は突然、「死ぬのが恐いの」と言い出したのだ。人間はいつか死ぬということは誰にでもわかっている、でもそれは観念の上でわかっているだけであって、身に迫るような危機として感じられることはないのが普通である。しかし綾香は大好きだった親戚のおじさんが死ぬのを見たことで、死が実感として自分の中に棲みついてしまったというのだ。講義を受けていても友達とドンチャン騒ぎしていても俺とセックスしていても、いつか死ぬという意識が根底に流れていて何一つ心から楽しめない、と言った。その苦しみは俺には想像もできないことだった。死が恐い。俺はそんなふうに死を意識したことはない。二十歳やそこらの人間が陥るような恐怖ではないし、陥るべきではない恐怖だという気がした。あほらしい、そんなことは考えずに生きようや、死んだら死んだで仕方ないやん、もし天国とか行けたら今より幸せになれるし、全然恐くないやん。俺は必要以上に明るく振る舞い、信じてもいない天国を持ち出した。死後の生という概念は、死の恐怖をなんとか振り払おうとした人が考え出した苦肉の策だったのだろう。こういう時の一時的な逃げ道としては使える。しかし綾香は「ショウちゃんは死ぬのが恐くないなんておかしいよ、死んだら全部なくなっちゃうんだよ、天国なんて絶対ないよ」と言って泣き喚《わめ》いた。本当に辛そうで見ていられなかったので、俺は自分なりに彼女を助けたいと思っていろいろ調べた。

その結果、彼女はタナトフォビア、死恐怖症というやつにモロに当てはまっていた。この病気は残念ながらまた厄介なもので、一度取り付かれたら終生逃れられない場合が多いという。死という絶対確実なものが相手であるだけに、治療が難しいのだ。一時的に恐怖から解放され晴れやかな気分になることはあるが、タナトフォビアはけっして消滅したわけではなく、意識の奥底に絶えず潜伏しており、心が疲れてしまったとき、落ち込んでしまったとき、あるいは何のきっかけもないときでさえ突如として発現する。解なし、というやつである。

このタナトフォビア、精神的な問題だから伝染はしないはずだ。しかし死に対する恐怖というのは多かれ少なかれ人間なら誰でも持っているものだから、タナトフォビアの人間と一緒にいる人間も共倒れになる可能性があるようだった。タナトフォビアの人間の相談に乗っているうちに、ネガティブな死の話を聞き続けるうちに、自分の中にある小さな死の恐怖が膨れ上がり、同様の苦しみを得てしまうというのだ。実際この病気について調べている間、なんだかイヤな感じが体を走っていた。いつかは死ぬということ、それを考えることは生の充実にもつながるはずだが、精神力の強くない人間は、おそらく恐怖に押しつぶされ辛い日々を送ることになるだろう。俺は間違いなく後者だった。

俺はこのとき、自分は綾香を本当に愛しているか、ということを真剣に考え始めた。こんな厄介なものを持ち込んでくる女とこれからずっとやっていけるのか。俺は最初彼女のルックスにほれた。大きくて優しそうな眼、丸みをおびて柔らかそうな体、透き通るように白い肌。時折口が「ω」の記号のように曲がるのがまたかわいらしかった。そして柔和な外見とは裏腹に彼女は毒舌家だった。そして感受性が豊かで、博識だった。彼女が俺にはまったく理解のできない和歌の魅力などを語っているとき、俺はそれを聞いているだけでとても心地よかった。俺の知らない世界、自力では到底届かない世界を俺の目の前に持ってきて、一つ一つわかりやすく翻訳してくれているかのようだった。彼女の外見も口調も、豊かな知識も、すべてが俺のストライクゾーンど真ん中だった。そして彼女の態度から、彼女が俺に明らかな好意を寄せていることがわかったので、俺はすぐにでも付き合いたいと思った。

ただ一つネックだったのは、その激しすぎる気性だった。どうしてか、つまらないことに腹を立て、しかもその怒りが長時間おさまらないのである。俺は何度も彼女をなだめる役どころを務めた。俺の陰気な、良く言えば穏やかな性質は、彼女と好対照をなした。ある意味バランスが取れていたと言うべきかもしれない。彼女のこのヒステリックな部分は確かに少し引っかかったのだが、裏返せば魅力に転じるものであり、大した問題ではないと考えた。

俺は判断を誤ったのだろうか。

しかしまだ付き合って日も浅いのだし、そう決め付けるのは早計かもしれない。一回生の十二月に付き合い始めて、まだ一か月しか経っていないのだから。タナトフォビアについては、俺が心を強く持ち、彼女にできるだけ死を連想させないように気をつけることでなんとか乗り切れるはずだ。

だがその後の数か月間、俺はやはり彼女の気分の上下に振り回され続けた。ここで、まずは俺に最後のとどめを刺した一連の出来事について話したい。

去年、二回生の六月のことである。付き合い始めて六か月。このとき俺の母親は脳梗塞で倒れたものの一命は取りとめ、しばらくの入院生活を余儀なくされていた。ほとんどベッドから動けずに退屈で心細い日々を送る母だったが、家族で見舞いに行こうにもみな学校や仕事で忙しく、母の入院した脳外科のある病院も交通の不便な位置にあったため簡単には行けないという状態だった。

六月のある日曜日、俺は父と妹と三人で、母の見舞いに行く約束をした。なかなか予定が合うものではないが、この一度の日曜日だけは絶対にみんなで見舞いに行こうとずいぶん前から決めていた。しかしその当日、彼女はどうしてもデートがしたいと言った。俺オカンの病院に行くから今日は無理やで、と言ったら彼女は電話ごしに、俺に対してすさまじい罵声を浴びせた。チンコ野郎とかクソマラ野郎とか言っていた。そして最後に「あんたとはぜんっぜん合わない、別れよう！　バイバイ！」と言って一方的に電話をブチ切ったのだった。

俺はそのとき、なんてイカレた女や、こんな奴こっちから願い下げじゃい！とは全く思わずに、オロオロと謝罪の電話をしたのだった。なぜそんな恥ずかしいことをしたか、それは、当時俺の世界は彼女を中心に構成されていたからだ。というか、彼女が俺の世界そのものだったからだ。口下手な俺は言葉に詰まりながら必死で謝罪した。母親が倒れたんです、前から言ってたでしょ、今日は病院に見舞いに行く日なんです、デートなら他の日にいくらでもします、今日は本当にすみません、と、悪くもないのにベコベコに謝った。そうすると彼女は余計にブチギレして、おぞましい罵声を浴びせた。ポンコツ人間とか虫ケラオブザイヤーとか言っていた。このままでは別れられてしまう、そうなってはおしまいである。追い詰められた俺はついに言ってしまった。

「わかりました、今日デートしましょう」

今から速攻でデートしてしまえば、見舞いまでに帰れるかもしれない、決して不可能ではない。見舞いに行くためには午後三時に家にいればよい、今は午前九時、なんとかなる。

俺は滋賀から彼女の待つ京都の出町柳に行き、そこから叡山電車で鞍馬へと向かった。そんなにお前は鞍馬山に行きたかったのですか、そうですか。まぁいい、ここを乗り切れば俺の世界は崩壊を免れるのだ。

しかし、そこでさらなるクライシスが押し寄せたのだった。彼女は鞍馬に向かう電車の中で、愛用の赤い鞄から三枚ほどの紙切れを取り出して言った。

「これ、明日発表なんだけど、目ぇ通してみてくんない？」

そこには「多民族国家・中国」の見出しのあとに何やらチベット族がどうとかホイ族がどうとか、俺にはおおよそ興味の持てないことが羅列してあった。古代において中華文化の形成期に主役を演じたのは周辺から入ってきた異民族の人々であった、それ以来中華文化が多民族的性格をもって継承されていったため、中国は一貫して多民族国家であった、現在では五十五の少数民族が存在しているが、そこにはどのような問題があるのか、そしてその解決策はどうか、といったようなことが延々と書かれていた。どうやら現代史の講義の一環らしいが、俺はそんな講義は取っていないし、元々そういう問題に全く明るくない。こんなレポートの出来を判断できるほどに知識がない。その場を適当にしのいでしまおうと思った俺はそれをザーっと眺めて「ほぉー。ええんちゃう」と言った。そうすると彼女は激昂した。

「ええんちゃう、じゃねーよ！　ちゃんと読めよ！　これは何も知らない人でも理解できるように作れって言われたんだから、あんたがわかんなかったらもうダメってことなんだよ！」

「そ、そうなん？」

「そうなんだよ！　いいからちゃんと読んで！」

なんということだろう、電車を降り山を登りながら、俺は景色を楽しむこともせずにレポートを熟読している、全くおもしろくもない興味もないテーマについて書かれたレポートを。しかし何か指摘しなければ死んでしまうと思った俺は必死で穴を探して、重箱の隅をつついた。それらしい講義も取っておらず、参考文献も読んでいない俺にできるのはそのくらいだった。

「ここ、しかしって書いてから結論になってるけど、どう『しかし』なわけ？」

実にくだらない指摘だった。短時間で突っ込める箇所というのを見つけ出せなかった俺は、語句の意味や文のつながりという面を考えるしかなかったのだ。だがこの一言で彼女はみるみるうちに顔色を変えて文字通り真っ青になった。

「ウソでしょ……うわぁホントだ！　ダメだ!!　全然ダメじゃんこれ!!　ヤバイ全部書き直しだよ！　ヤバイ間に合わないよぉ！」

ほとんど泣きながらうろたえる彼女だったが、俺には一体「しかし」の一語で何がそんなにヤバくなったのかわからなかった。内容を少しいじるか、接続詞を変えて強引ではないように結論に持っていけば済む話だ。そう彼女に言ったところ、

「ダメなのそんなんじゃ！　最後の逆説が通用しなかったら全部破綻しちゃうの」

と言っておいおい泣いた。小さい子がデパートのおもちゃ売り場で泣いているような無茶苦茶に凄まじい泣き方だった。ちょっとお前冗談やろ、こんな山の真ん中で。マジで勘弁してくださいよ。

「いや、根本的に内容を変える必要はないから、焦らんでもそんなに時間はかからへんて」

「あたしがダメだって言ったらダメなの！　構成から全部直さなきゃ内容がつながらないの！　あんたがレポート破綻させちゃったんだから、あんたが書きなさいよね！　何も言われなかったらそのまま気持ちよく発表できたかもしれないのに！　ホント最悪だねあんたって、ダメなとこだけポロっと言ってさ、あたしがどんだけ苦労してこれ書いたかわかってるの？」

「待てって、お前が読ませたんやんけ！　そんで」

「うるさいうるさぁーい！　あんたホントにちゃんと書いてよね、今からあたしんちに直行だから」

そんなバカな。めちゃくちゃすぎる。んなことしてたら母親の見舞いに確実に間に合わない。

「今日はオカンの見舞いがあるから無理やって！　内容理解してない俺では手伝える範囲限られるし、ちょっとだけ手直しして明日発表したらええやん、そのままで特に突っ込まれることはないと思うけどな、キレイにまとまってるし」

「あんた突っ込んだじゃん！」

「お前が突っ込み待ちしてたから苦し紛れに言っただけや！　もう相手してられるかい！　とにかく俺は帰るから」

「別れよう」

「は？」

「もうダメ。別れましょう」

また始まった。ケンカがヒートアップすると彼女はいつも別れを切り出すのだった。

「いや、なんでいきなりそうなるわけ？」

「だってあたしの言うこと全然聞いてくれないじゃん」

「……いや、時間があれば手伝うけどさ、今日は俺も大事な用事あるやん？」

「あたしのレポートは大事じゃないの？　彼女のレポートは」

「大事やけど、こっちは家族と前から約束してたことやしさ、てかオカンが倒れてるわけよ、どう見てもお見舞い行ってあげなアカンやん？」

「……もういい。あたし大学やめるから」

「は？」

「こんなバカみたいなレポート発表して恥かくぐらいだったらあたしもう実家に帰る」

「……」

俺はそのとき、なんてイカれた女や、勝手にせんかい！　とは言わず、親父に電話をかけた。
「あ、親父、今日なんやけどさ、なんか友達がレポート手伝って欲しいって言ってて
さ、ちょっと無理かも」
咄嗟《とっさ》に適当なウソがつけなかった俺は、ほぼ真実を伝えてしまった。その時点で父
はガチギレした。
「前から今日は空けとけって言ってたやろうが！　お前お母さんを何やと思ってるん
や、お母さんがどれだけお前に会いたがってると思ってるんや！　今すぐ帰って来
い！　レポートなんて自力でやれって言え！」
もっともな話だった。レポートなんか自力でやるもんである。普通に考えれば、俺
は彼女を置いてすぐ帰るべきだった。しかしそのときの俺にとって、そのまま関係が
終わってしまうことは想像を絶する恐怖だった。母は、入院はしているが容態は安定
していて退院の日も決まっている……俺はあろうことか父に謝り倒した上で一方的に
電話を切り、綾香の家へと向かいレポート作成を手伝った。俺は家に着いてから参考
文献を読みまくり、自分なりにアドバイスをしたつもりだったがそれは全部却下され、
結局元の原稿のままで発表に臨むこととなった。その元の状態でＯＫだという結論に
いたるのに、実に六時間が費やされた。そして彼女が最後に残した言葉は俺をついに

怒らせた。

「あんたいなくても一緒だったね」

俺はさすがに殺意を覚え、これ以上付き合っていくことは不可能だと判断した。その場でブチギレしたかったが、今別れようなどと言ってしまうと今のところ落ち着いている彼女がまたパニックになりかねない。それに、一応彼女なりに必死に準備をしたのであろう明日の発表だけは、変なことを考えないでうまくやってほしい。

そういうわけで俺は抑えがたい怒りで顔をひきつらせながら、「あはは、ほんとだね、俺いる意味なかったね」と標準語で受け答えして帰路についた。腹が立つ。今すぐ電話で罵倒したい。どれだけ自分が非情なことをしているか、筋の通らないことばかり言っているか、理路整然と諭してやりたい。すべて納得させて、私が悪うございました、すみませんでしたと言わせたい。しかし心優しい俺は翌日の発表が終わるのをじっと待った。早く、四限よ、早く終わってくれ……

俺は四限が終わって十分ぐらいした頃を見計らって電話をかけた。

「ハイもしもし」

「あっ……発表どうやった？」

「普通にうまくいったよ！」

「そっかーよかったやん」

「ねぇ、この後どっか遊びに行かない？　疲れちゃった」

「うん、ええよ。じゃあ百万遍交差点で待ち合わせな」

うむ。電話でブチギレるという予定は少し狂ったが、こういうことは直接会って言わなければならない。これでよい。

俺が交差点でどのように怒りを表現しようか迷っていると、彼女がやってきた。

「お待たせ〜。ちょっとさぁ、今日の発表の話聞いてくれる？　あたし超かっこよかったんだから」

本当にうれしそうな顔をしている。弾けんばかりの心からの笑顔だ。それがとても愛らしくて、俺は見とれてしまった。その瞬間俺の怒りはどこかへ吹き飛び、二人でアイスクリームを仲良く食べて、その夜は抱き合って寝た。寝る前に少しだけ話をした。

「ショウちゃん」

「何？」

「フフ、なんでもない」

「ちゃんと言えよ」

「笑わないで聞いてね、あたしさ、やっぱり……」

「うん」

「ショウちゃんのこと大好き！　だからあたしのこと見捨てないでね」

その言葉はストレート二百キロぐらい出ていて、慣れない俺は捕球できずに後逸した。

「えっとぉ……、うん、俺も好き」

「なんだよーあんまり好きじゃなさそうじゃん」

彼女はちょっとスネたような顔をする。

「いや、ホンマに好き」

「じゃあずっとあたしと一緒にいてくれる？」

「うん」

「あたしがめちゃくちゃなこと言い出しても、怒らないで優しくしてくれる？」

彼女も一応昨日のことは反省しているらしいな、と思い俺はコロっと許してしまった。家に帰ると父親はかなり怒っていたが、そのうち治まるだろう。やはり今は、彼女との関係が最優先だ。

しかしその二日後、彼女はまた不機嫌になっていた。彼女はキャンパス内で会うなり俺に向かってこう言った。

「もう大学であんたと一緒にご飯は食べないから」

「いやいやいや待って！　なんで？」

「あんたみたいのと一緒に食べてるところ見られてみなさいよ。あたしがすごく男を見る目のない女みたいに思われちゃうでしょ、なんでそれくらいのことがわからないの？」

俺は絶句した。二日前に「大好き」と言われてから俺の評価が変化するような行為も事件も一切なかったからだ。

「そういうことだから、大学の中ではあたしに話しかけないで」

なんだろう。過去に俺がした何らかの行為についてまた腹を立てているのか。それとも機嫌が悪いだけだろうか。まあ俺がここで怒っても事態はややこしくなるだけだ、綾香が元に戻るのを待つしかない。

「わかった、またあとでメールするから」

「はぁ？　メールなんてしてこないで。あんたはあたしから来たメールに返事だけしてればいいの」

その言葉の衝撃波で、俺は反射的に涙を流してしまいそうになった。男らしく、女らしくという考え方はもう古いと講義で聞いたが、甚だ疑問である。やっぱり男が泣いたら気持ち悪いだけだし、女が泣いたら可愛らしいのである。

俺は感情を抑えて笑顔で頷いて、一人で昼飯を食べた。昼飯を食べる友達がいないではなかったが、今日は綾香と食べるつもりだったのでそちらを断ってきてしまったのだ。元々混雑した食堂で人としゃべりながらモノを食べるより、一人で考え事でもしながらもしゃもしゃと弁当をほおばる方が好きだったので、この状況はそれほど苦にはならなかった。

すると綾香からメールが来た。意外と早い。

「食堂、人多いよ」

そんなわかりきったことを今さら言われても、どうしようもない。俺は「そうやろなー」とテキトーに返信して、コンビニで買った弁当を完食した。そしてペットボトルのお茶を飲みながら『人間失格』の二周目を読んでいると、またメールがきた。

「ねえ、なんで来てくれないの？」

え……？　俺とご飯を食べたくないのではなかったのか？　どうやら気分が変わったようだったので、俺は走って食堂へ向かった。すると入り口の前に綾香がいた。俺は何と声をかけていいかわからなかったのでとりあえずニッコリと微笑みかけた。綾香は俺を睨みつけながら言った。

「なんで一緒にご飯食べてくれないわけ?」

俺は絶句した。一語たりとも意味がわからなかったからだ。

「え……そっちがイヤって言うたんやん」

「言ってないよそんなこと」

「朝に俺とご飯食べるの恥ずかしいって言ってたやん」

「言ってない」

マジっすか! 俺は混乱して何も言えなくなった。綾香は怒気のこもった声で言った。

「今から一緒に食べるよ、中に入ろう」

「いや、俺もう弁当買って食べたし、次講義あるからもう行かんと」

俺が言うと、綾香は泣きそうな顔になった。

「なんで勝手に食べちゃうの? あたしここでずっと待ってたのに?」

「だから綾香が俺と食べたくないって言ったから、俺は一人で食べるしかなかったんでしょうが」

「言ってない!」

「わかったわかった」

「わかってない！」

「……まあ、ご飯はまた今度から一緒に食べよう。次の講義、俺レポート発表やから」

「別れよう」

「は？」

「ご飯付き合ってくれなかったら別れる。あんたのレポート発表なんてどうでもいいじゃん、あたしのご飯に今、付き合って欲しいって言ってるの」

「いや、俺はこの発表サボると単位が下りひんねん、必修科目やし落とせへんやろ」

「そんなこと知らない、いいからご飯付き合って！」

「無理や言うてるやん」

「じゃあ別れていいの？　あたしと」

　綾香の表情は自信満々だった。これまで俺は完全に綾香の言いなりになってきたし綾香は俺が相当自分に入れ込んでいると確信していた。別れよう、の一言が俺をどれだけ困らせるものか、ちゃんとわかっていた。

　しかしこのとき俺の脳みそは普段と違う思考回路を辿った。いろいろと思うところはあったが、結論はつまり、こういうことだった。

この女、もしかして最悪ちゃう？

それはずっと、必死で押し込めてきた思いだった。俺はこれまでにあった数々の辛かったことを鮮明に思い出し、数々の楽しかったことをど忘れし、心が底から冷えていくのを感じた。血の気が引いていくようだった。

「うん、別れよか」

「えっ」

綾香は俺から発せられた予想外の言葉に驚いていた。

「もうホンマ無理、ごめん」

「本気で言ってるの？」

「うん」

「待って！　ごめんなさい！」

「じゃあ」

「お願い、ちょっと聞いてよ！」

「うっさい講義あんねん！　発表があんねんこっちは！　お前は自分が何や発表する

ときはアホみたいに騒ぎやがって、俺のときはしょーもない昼飯ごときでつぶす気か。その昼飯も元々お前が俺と食いたくないって言ったんやろが。俺といるのが恥ずかしいって？　やってられるか。一緒にいるのが恥ずかしいなら最初から付き合うなや。もうお前と話すことはない。じゃあ」

「ちょっと……待ってよぉ……」

泣きじゃくる綾香を置いて俺は講義に向かった。とても晴れ晴れとした気分だった。そうだ。なぜ俺はあんな自分勝手な女にしがみついていたんだ。恋愛というのはもっとすばらしいもののはずだ。こんな、我慢の連続だけで構成されるものであるはずがない。

講義が終わると、大学の数少ない友人である笹川が話しかけてきた。

「お前綾香ちゃん泣かしてたやろ」

「なんや見てたんか」

「何かあったん？」

「フッたんや」

「マジかよ。まあ俺から言わせてもらえばあんなのと付き合ってる意味がわからんかったけどな。次はまともなの見つけろよ」

綾香の評判は前から周囲の友人にもよくなかった。俺が振り回されているところを見てみんな笑っていた。「よくやってるよ」というのが大方の見解だった。俺はそんな冷笑にも耐えて綾香に尽くしてきたというのに、全くもって時間の無駄だった。しばらくは一人でやりたいことをしよう。やりたいことが見つかればだが。

その日の帰り、案の定綾香からメールが入った。

「ショウちゃん、本当にごめんなさい。あたしが全部悪いってことはわかってるの。でも、あたし自分の感情がコントロールできなくてどうしようもないの。ショウちゃんにしか甘えられないから、どうしても不満が全部そっちにいっちゃうの。こんなの、ショウちゃんの負担が増えるだけだし、あたしは何の支えにもなれてないし、いつか見捨てられるだろうって思って、一生懸命直そうとしてるんだけど、ほんとにどうにもならないの。でも、あたしやっぱりショウちゃんがいなきゃやだ。これから絶対絶対いい子になるから、キライにならないでください……」

*

私は、その女の手紙を三葉、見たことがある。

一葉は、女と付き合い出したばかりの冬、一回生の十二月某日。私と女はデートの約束をしていたが、女が体調を崩したため私がデートはまた今度にして、病院に行こうと勧めた。しかしそれに対して女は怒り狂った。

「前からデートしようって言ってたのに、どうして予定変えちゃおうとするの？　意味わかんない」

……私は困惑した。体調が悪ければデートなどは中止にするのが普通ではないのか。私の行為はかなり常識的なものではないのか。仕方がないので私はとりあえず謝ってそのままデートに出かけたが、その間女は黙りっぱなしで、私はなんとか機嫌を取ろうと阿呆のようにしゃべり続けた。しかし結局女が口を開くことはなく、無言のままその日は別れた。私はなんだか悔しかったので、別れ際に女を睨みつけた。恐らくその冷たい視線が効いたのだろう、次の日大学に停めてある私の自転車の籠の中に、可愛らしい装飾の手紙がちょこんと置かれていた。

「ショウちゃん、本当にごめんなさい。昨日はあたしが悪かったたって思ってるの。そりゃあ、フツー病院に行くべきだよね。なんであんなに意地張っちゃったんだろう。ホント自分が意味わかんない（笑）デート中も、早く仲直りしようと思ってたんだけど、なんだか引っ込みがつかなくなっちゃって……だから、この手紙で謝ろうと思います。許してちょんまげ☆」

私は当時、こんな素敵な手紙を見たことが、一度もなかった。私が女を簡単に許したことは言うまでもない。

第二葉の手紙は、去年の春、二回生の四月某日。私がデートに約十分ほど遅刻してしまい、「ごめん、待ったぁ?」と声をかけたところ、女は私を射殺さんばかりの眼でこちらを一瞥し、そのまま下宿先へと帰ってしまった。確かに遅刻したのは私が悪いが、女は普段から平気で一時間、二時間の遅刻をしているのである。納得がいかなかった。女は一人で家に入ってしまったので私は携帯電話で連絡を取ろうとしたが、着信拒否の憂き目に遭いそのまま何もできずに帰った。私は電話がつながらないのでメールで軽く怒りを伝える文章を作成し、女に送りつけた。「たった十分ぐらいの遅刻で、一日のデートをふいにすることはないんじゃないですか。あなたはいつも、私を何分待たせているかわかっているのですか」という、かなりソフトな文面のものだった。それでも私が女に文句をつけること自体が相当に珍しいので、女は少し焦ったのであろう。次の日大学ですれちがいざまに、私の鞄へと手紙を押し込んだ。

「ショウちゃん、本当にごめんなさい。最近何もかもうまくいかなくて、すごくイライラしてて、どんな些細なことにでも腹が立っちゃうの。でも、そんなのダメだよね。

ショウちゃんはいつも優しくて、寛容で、偉いと思います。あたしもショウちゃんみたいになれるようにがんばるから、見捨てないでね。今度あたしの家に来たら、いっぱいキスしようね。だいちゅき☆」

私はそれまでこんなに愛しい手紙を見たことが、一度もなかった。

もう一葉の手紙は、最もエロティックなものである。二回生の六月頃のこと。私は女と競馬場へ行く約束をしていた。女が珍しく私の趣味に合わせてくれたので、私は女に競馬の何たるかを教え、共通の趣味にしようと張り切っていた。淀駅で待ち合わせた時点では女もピクニックにでも来たかのようなはしゃぎようで、私は得意げに競馬知識を披露しながら競馬場に突入し、お気に入りの競馬新聞（競馬エイト）を四百十円で購入。意気揚々と予想を始めたのだが、ついさきほどまで上機嫌だったはずの女は一言も口をきかない。私は聞いた。

「え、どしたん？」

「……」

「いやいや、何？」

「もういい、帰る」

それで女は帰ってしまったのだった。

わけのわからない私もむしゃくしゃして、その日賭けられるすべてのレースで武豊の単勝を買うというヤケを起こしたが、一日で六千八百円負けてしまい、帰る頃には完全にはらわたが煮えくりかえっていた。夜に来たメールによれば、「あんな新聞に四百円も出すなんて頭悪すぎ。スポーツ新聞で十分」という理由で激怒していたようだった。だが、私にしてみれば恐ろしいほどの情報量を詰め込んだ競馬新聞がわずか四百円ちょいで買えてしまっていることのほうが不思議なのである。

納得のいかない私も折れることなく一週間ほど連絡を絶った頃、女はまた、すれちがいざまに鞄に手紙を押し込んできた。

「今あたしが一番やってほしいことを書くね。

部屋の中でショウちゃんとふたりで眠ってたら、ショウちゃんが急に乱暴に服を脱がせてきて、身体じゅうをぺろぺろ舐めてくるの。きれいな指で、背中を優しく撫でながら。それがすごく気持ち良くて、あたしおかしくなっちゃいそうで、『お願い、やめて！　変になっちゃう！』ってお願いするんだけど、ショウちゃんはぜんぜんやめてくれないの。それから身体に力の入らなくなったあたしを――」

……この先は今さら思い出しても空しくなるだけの、激しさ極まる内容である。そうしてイマジネーションを非常に刺激される言葉が散々つづられた後に、「p.s. こないだはごめんなさい」とかわいい文字が添えられていた。

とにもかくにも、私は手紙の文章を読んであれほどまでに勃起してしまったことがやはり、一度もなかった。


綾香は手紙を使った戦略に長けていた。

しかし、毎回反省はするが、それも一瞬でどこかへ消え去り、綾香の性格が根本から改善されるということはなかった。

そして今回また反省のメールが送られてきたわけだが、俺だってそう何度も同じ手は食わない。いや、むしろこれまで十分すぎるほど同じ手にやられてきたのだが、さすがに俺にも微少ながら学習能力は備わっている。綾香のこの反省メールは単なるその場しのぎのものであり、書いている時は本気だったとしてもすぐに元に戻って俺に理不尽な不満をぶつけてきたり無理難題を言いつけたりすることは明白だった。

この時、俺ははっきりと綾香に境界例という診断を下した。見捨てられることへの強い不安、二者関係へのしがみつき、ヒステリックな癇癪、感情の極端な揺れ、他人への評価の真逆への転換、たまにあった自傷行為……境界例の人間と付き合った場合、たいていの人は振り回され続けてボロボロになる。それに、こんなものは病気ではない。ただの幼稚な性格だ。確かにこういう極端な人間ができあがるのには、本人の資質だけでなく環境的な要因も作用しただろう。辛いこともあったかもしれない。でも、だから何なんだ？　今の綾香は本来の綾香ではないとでも言うのか？　本来の素晴らしい綾香をその奥に感じろとでも言うのか？　俺にはできない。綾香という失敗作に、これ以上は付き合い切れない。

俺は綾香から来たメールを削除し、返事もしなかった。しばらくすると電話がかかってきたが、それも無視した。着信が三十件ほど連続で入ったので、うっとうしくなって着信拒否に設定した。これでお前とも終わりだぜ。

その後も何通か復縁を願うメールが届いたが、もはや俺の心を動かすには足りなかった。今では俺の電話番号もメールアドレスも変わり、綾香とは何の連絡も取っていない。大学でたまにすれ違うのみである。

*

これが俺と綾香の付き合いの、出会いから別れまでのおおまかな流れである。確かに楽しかったこともあったが、そんなことは今さら思い出したって仕方がない……

　そうしてそれから、俺はもう数少なくなってしまった男の友人たちと辛うじて関係を保ちながら、しかしほとんどの時間を一人で過ごした。別にそういう生活に取り立てて不満があるわけではなかったのだ。そして綾香と別れた二回生の六月から今まで約一年の間、俺は恋愛や友情の意味について考えたが、すべては幻想であり欺瞞であるという結論に至った。エロ画を描きエロ小説を書き、腐り切った頭で陰気な本を読みすぎたのかもしれない。しかし、もはやそれが俺のジャスティス。壬生の狼を飼うことは、何人にもできん……

　いつの間にか電車は終点の姫路に着いてしまった。ずっと電車に揺られてモヤモヤ回想していたかったのに、二十四時間終わりもなくぐるぐる回っているような電車がないものだろうか。仕方がないので俺はそこで折り返し、京都駅で降りて、遅くまでやっているカフェでコーヒーを飲みながら本を読んだ。
　それから、二十三時五十五分米原行の終電に乗り込んだ。俺は帰りの電車でのんびりするのが好きやった。人はほとんどおらん、俺は優先座席が好きや、端っこが好きなんや、悪いけどココに座って爺さん婆さんに席を譲ったことはあんまない、席を譲るに値する爺さん婆さんが少ないからや、俺の横にピッタリつけて、いかにもしんどそうな顔して俺のほうを見る、それで俺が気付かんフリして本を読んでたらイライラしてきて、うぅん、とか咳払いを始めて睨んできよる、そんなやつが多い、席を譲ってもらって当然のような顔をするやつが多い、そういうやつには俺は絶対に譲らん、日本外交のような失敗は俺はせん、求められたものをハイハイ言うて出し続けるような、しょうもないマネはせん、そんなことをしとったら骨の髄までしゃぶり尽くされる、そこには感謝の念はなく、要求はエスカレートしていくばかりである。もらう側の人間は常に感謝を忘れてはならない、そういう、良い爺さん婆さんやと俺が判断した場合にのみ席を譲る、その判断には数秒もあれば十分や、眼ぇ見たらわかる、今までの統計ではだいたい全体の十五パーセントほどが条件を満たしとった、これは俺の心が狭いのではない、人間としての正統な判断や、たぶん。俺が無条件で席を譲るのは妊婦さんと子連れの夫婦や、親がどうであれ、お腹の中の赤ちゃんはこれからの人間や、優しくしてあげなあかん、小さい子供もまだ道徳心とかあらへんから、感謝なんて微塵もしよらんやつがほとんどやけど、これは仕方がない。どんなあつかましいやつでも席を譲る、成長したあとで俺の紳士的な行いを思い出して老人の十五パーセントと妊婦、子連れ夫婦に席を譲る立派な大人になってくれればよい。まあ、終電はスカスカやから座り放題やけどな、優先座席で足のばして、快適に本を読ませてもらおう、今日の帰りの一冊は、もう三回目やけど『人間失格』や、これは不朽の名作や、何回読んでもおもしろい、でも内容はところどころちょっと大げさな気がするな、序盤からして、空腹というものを感じたことがありません、て、うそこけや、これはやりすぎやな、あれ、なんや、横になんか雑誌が挟まっとる、こういうのは、俺はすぐ手にとって見てしまう、なんやろ、スピリッツかな、ヤンジャンか、どれが何曜日か忘れたわ、うわ、なんやこれエロ本やんけ、しかもしょうもない水着止まりのエロ本や、こんな水着の女だけが載ってるようなヌルイ本買うやつの気が知れん、現実ではともかく、本の世界にはもっと素敵なサムシングを求めるべきである。

俺は向かいの座席にそのエロ本を放りなげて、人間失格の続きを読もうとした。そしたら、逆サイドの優先座席で爆睡しとったはずのおっさんが急にすっとんできた、すっとんできたわりにマゴマゴして、なんや怒られたサルみたいな顔で俺に話しかけてきよった。

「あ……あの……君」

俺は怪訝《けげん》な顔で見つめ返した。

「君……あの……」

何か言いたそうにしとる、悪いおっさんではなさそうや、ただ気が弱そうな、情けない顔をしとる。

「なんすか？」

「これ……この本……もらっていいかな……？」

おっさんはすごく気持ち悪い笑顔を浮かべながら、汗をにじませて言った、多分決死の覚悟で俺に話しかけてきたんやろ、手が震えとる、おそらくこいつに嫁さんはおらんな。俺が女やったら絶対に選ばん。

「あぁ、いいですよ、僕のじゃないんで」

「よかったぁ……ありがとう……嫁に見つからんようにせんとな……怒られるから……」

俺の予想は四秒で覆された。

「ハハハ。でもそれしょうもないですよ」

「おじさんには……これで十分だよ……フフ」

と言っておじさんが本をめくると、付録のＤＶＤがポロリと座席に落ちた。おじさんは気付いとらん、このエロＤＶＤ、おもしろそうなら俺が持って帰ってもええけど、水着止まりのエロ本の付録なんかおもろいわけがない。一日四、五回オナニーしてるという西岡にやったらオカズの足しになるやろか、でもあいつは愛液の香りジェル付エロ本なんて買ってクンクンしとる男や、いまさら並のブツ渡してもピクリともしよらんんか。

「あの」

「な、なんや……？」

「ＤＶＤ、落ちましたよ」

「あ……」

「……」

「わしもらってばっかり悪いし……ＤＶＤは君に返そか……？」

「いや、もともと僕のじゃないんで……」

「そうかい……なんかフェラチオ特集みたいやけども、ホンマにええんか？」

おじさんはＤＶＤを拾いながら言った。フェラチオか、どうせ水着の姉ちゃんがキャピキャピしてるだけのもんやろうと思ってたら、付録は多少はがんばっとるみたいやんけ。でもなぁ、フェラチオは見てもあんまりおもしろいとは思わん、一番アカンのは男優のチンコがもろに見えてしまうということや、何が悲しゅうて人のチンコ見なあかんのや、それやったらレズものでも見とったほうがええわ。

「いや、ホントに結構です。どうぞ持って帰ってください」

「そうかい悪いね……じゃあわし……ここやから」

「奥さんに見つからんように、気ぃつけてくださいね」

「フフ……ありがとう」

おっさんは俺が降りる駅の二つ前で降りていった。それにしてもなんてキモいおっさんやろか。ビビリながら若者に話しかけてエロ本をゲットして喜んどる、しかし嫁はいるという。なんでこのカスみたいなおっさんに嫁がおるのか不思議でならん。いくらなんでもあれやったら俺のほうがまだマシやと思う、でも俺SADやしな、もしかしたら俺の方がショボイんかもしれん。はやく薬飲んで元気にならな。

＊

家に帰って、処方されたデプロメールを飲んだ。こんなことは親には秘密や、バレたらアカンさかい保険証も使わんかった。高くなるけどしゃあない、自分の息子が精神病やなんて知ったらショックでひっくり返りよるやろしな、親父なんかはキレるかもしれん。あのオッサンは高卒のアホのくせに精神力だけは無駄に強い。大企業て言われる会社の中で、一流大卒に囲まれてバカにされても屁とも思わずにバリバリ仕事して、今では高卒じゃ到底なられへんと言われてた部長になって、大卒は理屈ばっかりコネて実務では使いモンにならん、大学いうのは頭でっかち青びょうたんのハキダメか、なんてありきたりなこと言うて調子付いとる、今は大学にもいろんなヤツがおる、たくましいインテリかておる、それは偏見やで、て言うてみてもさっぱり聞く耳を持ちよらん。ホンマ人の話を聞かんアホというのは手が付けられん、いつでも自分が一番正しいと思っとる、こういうアホが社会的地位を得て、俺のような善良で思慮深い人間が社会不適合者になるやなんて、逆とちがうやろか。確かに俺にコミュニケーション能力はない、一部の仲の良いヤツとしかうまくしゃべられへん、でもそれはそんなにアカンことなんやろか、俺が普通とちがうんやろか、俺は不器用なだけや、仲良うないヤツと社交辞令とかお世辞ばっかり言い合うなんて気持ち悪くてようできん。ワイワイ楽しそうにしとるやつらも、ホンマは何ひとつ本音なんか交わしとらへんのとちがうやろか、本音の交換は大人数の中では難しいと思う。薄っぺらな関係ばっかり築きやがって、いちいち浅いんや、お前らは、アホとちがうか。そんなしょうもない関係なら、なくていい。しかし、周りを見てるとみんな穏やかな顔をしとる、もしかしたらホンマに楽しんどるんやろか。いちいち戦々恐々としとるのは俺だけなんやろか。

＊

次の日、俺は普通に大学へ向かった。薬の効果が現れるのには一か月ほどかかるということだったから、しばらくは憂鬱な状態のまま耐えるしかない。薬を飲んで少しはましになるかと思ったのに、俺の気分曲線は完全に底を打っていた。まだ初日だからこんなものか。

俺は例によって一人で昼食を取った。友達がみんな（といっても二人ほどだが）大学をサボっていたからだ。ガラ空きの大教室では俺ともう一人、女の学生がご飯を食べていた。髪は明るめの茶色で、化粧はどう見ても濃かった、いかにも遊んでいますという雰囲気が漂っていた。俺はそういう女性は嫌いではなかったが、話しかけることはしなかった。恐いからだ。とりあえず横についてきていたのら猫に卵を分けてやりながら、のんびりとご飯を食べた。この大学では何度も留年した学生には呪いがかけられ、猫にされてしまうという伝説がある。そう言われてみるとキャンパス内にはよく猫が歩いており、みな憂鬱そうな顔をしていた。今の俺のように。

「猫好きなんですか？」

俺は驚いて顔をあげた。茶髪の女だ。

「かわいいですよねぇ、私うちで猫飼ってるんです」

「え……と」

ここ最近人間と話す機会があまりなかった俺は最初の言葉が出てこなかった。何か言わなければ。

「か、かわいいよねぇ、何て名前なん?」

「えっ、あの、ありがとうございます、鈴木あかねです」

俺は猫の話をしたつもりだったのだが、完全に誤解されてしまったようだ。早く会話を終わらせたいという思いが強すぎて、十分な言葉を伝えることができなかった。この後どうもっていけばよいのだろうか。ちがうよ、猫のことだよなんて言おうものなら彼女を傷つけてしまう。かと言ってこのままでは、俺は初対面の女性に君かわいいねーなんてどもりながら言ってしまうただの気持ち悪い男である。

「アカネちゃんかぁ、へぇー……」

「……」

「……」

「じ、じゃあ次講義があるので行きますね」

「う、うん、じゃあ、バイバイ」

俺は会話能力の低さを露呈し尽くして女の子と別れた。普通の人から見ればチャンスと思えるような「女の子から話しかけてくる」という事態も俺にとっては迷惑だった。

思えば、いつもこんなふうだった気がする。最近は男相手でも同じだ。人の話が聞けない、しかも自分から話すわけでもない、そんな俺がいると場が間違いなく気まずくなってしまう。なぜ会話ができないかというと、他人の話に一ミクロンすら興味が持てなくなったからだった。人間とは生きている限り永遠に変化を続けるもので、会話から相手の趣味や嗜好がわかったところでそんなものはすぐに移ろいゆくと思っているので、俺にとって意味はなかった。たとえばキティちゃんが好きだと聞いていた女の誕生日にキティちゃんマグカップをプレゼントしたとしても、女がずっとキティちゃんを好きだという保証はないし、その時すでにミッフィーちゃんの方が好きになっているかもしれずマグカップは全く喜ばれないかもしれない。しかもキティちゃんが好きというのが外部向けのひとつのポーズにすぎないのかもしれず、その真偽を確かめる術は、よっぽど親しくならない限りは、ない。たとえば広末涼子が好きだという男がいたとして、誕生日に広末のアイコラを作成してCD-Rに焼いてプレゼントしたとしても、男は実は広末なんて全然好きじゃなくて、及川奈央のＡＶしかオカズに使わないという主義を持っているかもしれない。広末が好きだという男は「いまさら広末!?」という周囲のリアクションを期待しつつ「離婚した女の色気というのが君たちはわかっていないな」という返答まで用意して美しい会話の流れを作ろうとしているだけでその実川村ゆきえの方が好きなのかもしれない。すべてが単なるポーズである可能性は否定できない。たとえば女が「バイト先のコンビニの店長がぁーマジチョーうざいのォー私の体ジロジロ見てくるのォーありえなくない？」と言ったとして、店長はただ勤務態度を見ているだけなのかもしれないし、これは完全なる被害妄想で店長は何も見ていないのかもしれないし、実は女はコンビニで働いてなどいないのかもしれない。

固定されない、信じるに足りない事柄というのは覚えておこうという気にならないし、聞こうという気にもならない。しかし友人との会話の内容というのはそのような流動的な事象がほとんどである。俺は政治的な知識や社会的な知識など、教科書に書いていたりニュースでやっていたりするような、決まりきった事実でなければ聞く気にならなかった。それも人の口から聞くよりインターネットやＮＨＫでも見ていた方が正確な情報が得られるので、友人よりも液晶画面と向かい合っていたいという気持ちになった。よって人との円滑な会話というのは不可能であった。おそらく意味のない会話もしっかり盛り上げて、人に興味を持って、そうして人間関係をうまく形成していけば人脈も広がって人生が幅広く楽しくなってコネができたりいろんなお得なことが体験できたりするのだろうが、俺にはさっぱり無理だった。もし親戚のおじさんが大企業の社長で、一度話をしてみて気に入られたら一発で幹部候補採用だよ、と言われても俺は断るだろう。話をして人に気に入られたなんていう経験はほとんどないし、どんな人の話もつまらないと思っているからだ。

つまらん。お前の話はつまらん。と全世界の全員に向けて叫びたいくらいだった。かと言って俺の話はおもしろいのかというと、すごくつまらなかった。自分で話していてびっくりするほどつまらなかった。どうということもないエピソードでも話し方によって人を惹きつけることはできるはずだが、俺にはその能力は皆無で、少し尺のある話でもしようものなら一分ももたずにみんな欠伸《あくび》をしていた。

あーあ。

生まれてきて、すみません。

そのあとで昼の分のデプロメールを飲み、いつもどおり講義に出ては爆睡して、得るところなく家に帰った。そうして晩御飯を食べ、今度は夜の分の薬を飲んだのだが何かおかしい。昼から違和感を感じてはいたのだが、どうも落ち着かない。じっとしていられない。布団に入って寝ようとしても、何か異常な不安に襲われて、叫びだしたくなる。すぐにでも病院に電話したかったが、もう夜遅いのでとっくに閉まっている。くそ、明日の朝まで待たなアカンやんけ。俺は部屋を出て一階に下り、テレビをつけたりお菓子を食べたり意味もなく顔を洗ったりして焦燥感を消してしまおうとしたが、それはただ膨らんでいくばかりだった。

テレビでは最近出てきた若手のお笑い芸人が得意の一発ギャグを披露してバカ受けしていた。俺はとても面白いと思ったが、その楽しいはずの気分が、そっくりそのまま激しい不安へと変換されるように感じた。タレントたちの屈託のない笑いが、自分に向けられた眩しい嘲笑のように見えた。やがて部屋中が笑い出した。テーブルも窓もカーテンも電話機も食器棚も甲高い笑い声を上げ、冷蔵庫だけが低く恐ろしい声で俺を恫喝していた。俺はそれらから逃れようと家の中を歩き回ったが、声はどこまでも追って来るのだった。

あかんホンマにやばい、意味わからんぐらいしんどくなってきた、なんなんやコレは、もうアカン、死にたい、死にたい、抑えられん、このままでは死んでしまう。くそ、車に轢かれたい、電車にハネられたい、どっかの組の流れ弾に当たって死にたい、ホンマやばい、誰か、誰か殺してくれませんか、今すぐに死ぬ手段としては、①窓から飛び降りる、②舌を噛み切る、③、あぁもう思いつかんわ、やっぱこの状況では飛び降りが一番あれかな、簡単かな、まあここは二階やから、骨折れるぐらいですむかもな、でも、でもアカン、そんなことしたら近所のおばはんが喜ぶ、狂喜乱舞する、伊村さんとこの子、頭おかしいんですってよ、自殺未遂したんですってよ、イヤーねぇ、親の育て方がまずかったんでしょーねぇ、ウチも気をつけなければいけませんざますわねぇーホホホホホ、アカンアカン、そんなのはアカン、家族の立場がなくなる、精神病患者の家族というだけでも知られたらまずいのに、自殺未遂者の家族なんて終わってる、でもこんなに死にたくなったのは初めてや、これはいつもの消極的な死にたいやない、普段冗談で思ってる死にたいとか消えたいとかじゃなくて、積極的なアレや、このままでは、アカン、アカン、ヤバイ……アカン！　誰か……誰か！　誰か助けてくれ！　死んでまう！　間違えて死んでまう!!

そのとき、テレビに映っていた芸人の一人が話しかけてきた。

「死んだらあかんの?」

「は?」

「別にええやん、死んだら」

「いや、でも」

「死にたいんやろ?」

「そうやけど、そうじゃないんです」

「なんなん、死にたくない理由でもあんの」

「いや、そういうわけでもないんですけど」

「ほな死んだらええやん」

「まあ、そうですね」

やっぱ死ぬか。もうこの先もええことないやろし。色々疲れたし。遺書とか、一応書いとこかな……ってアカンアカン、アカンアカンアカン、なんやねんお前！　お前は俺の何を知ってんねん！　どこの事務所のもんやねん、無責任なことばっか言いやがって。

電話や、こういうときは電話や、誰か、俺と、話してください、誰でもいい、西岡、西岡に電話するか、いやアカン、こんなとこ西岡に見られたら、今後一緒に遊ぼうと言うた時に気ぃ使われることになる、腫れ物にさわるような、というやつになる、それだけは避けなアカン、そんなんやったら死んだほうがマシや、でも、他に、俺に、友達は、いるか？　こんな、発狂した俺の相手をしてくれるようなやつが、いるか？
アカン、絶対、他にはおらん、他には……他には……

綾香？

綾香、今、お前は俺の話を聞いてくれるやろか？　電話かけてみようか、あつかましいか、しかし他に選択肢がない、このままでは死んでしまう、一時の恥で済むなら安いもんや、助けてくれ、綾香！　アカン、出よらん、当たり前か、俺の方は電話番号変わってるし、誰も知らん番号からの電話なんか出ん、でももしかしたら、何回もかけたら、知り合いかと思って出てくれるかもしれん、よし、七回、七回かけて出んかったらあきらめよう、もう、窓から飛び降りよう、一、アカン、二、アカン、三、アカン、四、…アカンわ、あと三回で終わりか、ダイヴ・トゥ・ブルーか、そうやな、こんなちゃっちぃ家から飛び降りるのではつまらん、ちゃんと死ねるように、近所のビルの屋上から飛び降りよう、ヘタに生き残るよりマシや、家族には申し訳ないけど、もう我慢できん。ほんま、しょうもない人生やった、楽しいこともあったんかな、もう今となってはわからんな。死ぬ前に今までの人生を振り返りたいけど、どれが良い思い出やろ、もう記憶がかすんどる、こんなぼんやりしたものの連続で、人生というのは終わっていくんか、これじゃこの世に存在した意味がないな、生きたという証拠が何もない、みんな漠然と生きて漠然と死んでいくんや、アホらし、甲子園で優勝しましたっていうやつは、そこがどう見ても人生の最高点やから、その場で割腹自殺でもした方がいい、そうしたら最高の記憶が鮮明に残ったままで死ねる、俺はいつかな、高校に受かったときか、大学に受かったときか、童貞を捨てたときに死ぬべきやったな、もう全部、喜びも快感も何もかも、薄もやがかかったように風化しとる、俺の人生、次の盛り上がりはどこかさっぱりわからん、下がり続ける一方かもしれん、それやったら今死ぬのが一番いい、最期ぐらいは派手に飾らなアカン、めっちゃ高いとこから、どうしよう、体を燃やしながら飛び降りようか、焼死が一番苦しいっていうけど、目立つしな、なんかかっこいいし、苦しいのかて、飛び降りて脳漿《のうしょう》ぶちまけたら一瞬で終わりやろ、決定、よし、五、アカン、六、アカン…次がファイナルコールや、まあ、出るわけがないわな。気持ち悪いわな、知らん番号から秒刻みで電話かかってきたら普通引くわ、よっしゃ、七回目や、さらば我が人生。

「ハイ、どちらさまでしょうか」

……懐かしい声。

「……」

アカン、いざとなるとしゃべれん。

「もしもし、どちらさまでしょうか」

「あの、あの、伊村ですけど」

空気が凍りつく。俺が名乗った瞬間彼女の態度が硬化し、声のトーンが低くなった。

「何の用だよ」

「あの、あの、あの、用というか、ちょっと聞いて欲しいんやけど」

「ハァ？」

「最近な、あのな、なんか、辛くなってな、病院に行ったんやけどな」

あぁ、もう何しゃべっとるんかわからん、追い詰められて息ができん、しかも表現力がなさすぎて、言いたいことの十分の一も伝えられん。まぁしゃあないな、俺は泣きながらどうでもええ話を続けた、俺が泣けるのはこいつの前でだけやった、それは別れて一年たっても変わらんかった。

なんで俺は別れてしもたんやろ？　あんなに大好きやったのに。いま、こいつは完全に俺を敵として見とる、それは声聞いただけでわかる、それでもやっぱり、好きやった、この一年、こいつのことが頭を離れんかった、最低な女やったと言い聞かせても、どうしても忘れられんかった、頭の奥のほうに引っ込めて、なんとか思い出さんようにしようと必死やったけど、もうアカン、声聞いただけで、イカれてしもた、また、一瞬で、大好きになってしもた。だって、彼女はあのとき俺を認めてくれていた。俺を一人の人間として認めたからこそ、感情をぶつけてくれたんじゃないか。そうや、悪いことばっかりじゃなかった。すごく幸せだった。俺と手をつないで「ずっと一緒にいようね」って言ってくれた。抱き合いながら「あたしショウちゃんが好きすぎておかしくなりそう」って言ってくれた。あんなに真っ直ぐな気持ちを俺に向けてくれたのは綾香だけだ。

「……で、薬もらって飲んだんやけど、薬飲んでからしばらくして、なんか落ち着かんようになってな、聞いてる？」

「うん、聞いてるよ」

声が優しい。これはやっぱり、ただの同情やろな。同情はキライやけど、それでも綾香から向けられるのなら俺はうれしかった。

「でもなんで急にこんなことになったんかわからん」

「うーんそういう時期ってみんなあるんじゃないかなぁ。あたしも去年ボロボロだったの、あんた見たでしょ？　でも、ある日を境に、スゥっと楽になるの。だから、今は我慢だよ、大学なんか行かなくたって、代返頼めばいいじゃん。ちょっと旅行にでも行けば、大分落ち着くよ」

「そっかぁ。ホンマにどっか旅行でもするかな、お金ないけど」

「フフ、あんたっていっつもお金ないよね、もっとバイト入れっての。あとね、あんたはバカなんだから、つまんないプライドは捨てて、バカなりに生きなよ。プライドなんてあってもしんどいだけなんだから」

「うん、ありがとう」

あぁ、一年ぶりに会話した、俺は満足や、好きな人と話せるというのは幸せなことや、もうこれ以上望むべきことはない。だんだんと気持ちが落ち着いてきた。

そのとき電話の向こうで声がした。男の声だ。

「誰やねん、前の彼氏か」

「う、うん、まあ、そうなんだけど……あ、ちょっと待っててね、友達と家の電話でしゃべってる途中だったから、そっち先に片付けてくるね」

「うん」

その後、今の彼氏らしき人物と綾香の会話は、ほとんどハッキリと俺に聞こえた。二人とも声が大きい。

「なんで今頃前の彼氏から電話来るんや、お前もそんなの出んなよ」

「だって、番号変わってて誰かわかんなかったんだもん」

「まあ出たのはしゃあないけど、すぐに切れや。お前まだ気ぃあんのか」

「あるわけないじゃん。でも、こいつ今頭狂ってるみたいだからさ、ぞんざいに扱うと後で何されるかわかんないでしょ。ストーカーになられてもイヤだし、あんたも刺されたくないでしょ」

「お前そんなアホみたいなやつと付き合ってたんか」

「ホント失敗だよ。その時はこんなつまんねー男だと思ってなかったんだよ。早めに切り上げるようにがんばるから、先にお風呂でも入ってて」

「わかった、お前も大変やな」

そこまで話して、綾香は俺の電話に戻ってきた。

「ごめんごめん、あのー、固定の方でリエちゃんと電話してたの。あんたも覚えてるでしょ、リエちゃん。レポートの相談してたんだけど、結局何もわかんないままだったよ」

「そ、そうかぁ。レポートあるんやったら、これ以上邪魔できひんな、ホンマありがとう、おかげで落ち着いたわ、じゃあ」

「も、もういいの？　うん、じゃあね、また辛くなったら電話してきなよ、バイバイ」

俺はバイバイ、と言って電話を切った。そしてベッドに入り悶えていた。

あぁ……こんなことなら……電話……しないほうが……よかった……

綾香が悪くないのはわかっている、綾香がしている行為自体はまったく非難されるべきものではない。自然なことだ。彼氏ができたことは、俺にとってはあまりうれしくないが仕方ない。だが、しかし、どう考えても声が大きい。彼氏とそろって、声が大きすぎる。ああいう会話は俺に絶対に聞こえないようにせねばならない、それがルールだ、一回切るとかなんとかしろよ、それとも、一度切って自分からかけ直すのがイヤだったのだろうか。俺なんかに少しでも電話代を使うのがイヤだったのだろうか。

しかし、恋愛というのはこういうものである。別れたら次を探してさっさと付き合うのが現代を生きる正常な若者であり、「前の彼氏が忘れられない」とか「前の彼女に未練があって新しい人とは付き合えない」とか言ってるやつは、基本的にはモテないヤツである。モテないからなかなか次が見つからない、その見つからないことの原因を自分の魅力不足ではなく自分の純情のためだとする。なんと都合のいい防衛機能であろうか。そしてこの防衛機能が使用可能になるためには少なくともかつて彼女がいたという経験が必要であるため、彼女いない暦イコール年齢、真性の非モテとだけは差別化が図れるのだ。かつて深く愛し合った女がいたという事実と、己が純情をアピールしながら、完全なる恋愛不能集団とは一線を画せる。一石三鳥である。

かつて電車男などという物語が流行ったが、俺に言わせれば彼はエルメスを愛していたのではなく、エルメスに執着していただけだったのだ。というのも、それが唯一のチャンスだったから。おそらく相手がエルメスという女性でなかったとしても、彼女と同等もしくはそれ以上の女性に出会っていたら彼は同じように掲示板に書き込みをし、同じように相手を好きになっただろう。いや、女性に耐性が全くないという面も考慮すると、もしかしたらどんな女性であったとしても、彼は好きになってしまっていたかもしれない。そんなものだ。この世に存在する人間なんて、必ず替えがきくのだから。今世にあふれるカップルや夫婦だって、絶対に相手がこの人じゃないとダメ、なんてことはないはずだ。そんな単純なことを俺は忘れてしまっていた。この世界に絶対など求めてはいけない。

今俺が電話をかけたとき、綾香はまだ俺のことを忘れないで、好きでいてくれるはずだという甘えた思いがあった。ずいぶん勝手な振り方をしておきながら、彼女の気持ちを当時のまま固定して考えていた。彼女が最後に俺に送ってきた、すがるような謝罪メールのまま、二人の時が止まっているような錯覚を起こしていた。笑止千万、ひとの感情が一年もの間動かないわけがない、新しい恋だってするに決まっている。少し考えればわかることだったのだが、俺には彼女以外の女性に触れる機会がほとんどなかったため、恋愛に関するデータや記憶が更新されず、ずっと綾香で止まっていたのである。ただの馬鹿である。元恋人にいきなり連絡を取るなどというおこがましい行為に打って出る場合は、最悪を想定しておく必要があったのだ。そして最悪の事態に自分は耐えられるという確信を得てから、行動に移るべきだったのだ。都合の良い解釈は間違いなく絶望を呼ぶ。

俺はぺしゃんこに潰されたかすかな希望の残骸を見据え、なんとか修復できないかとあらゆるシミュレーションを行ったが、何の活路も見出せなかった。見出せるわけがなかったのだ。そして正気に戻って、西岡に電話をかけた。西岡は俺と綾香の付き合いの一部始終を知っているただ一人の男だったからだ。

「西岡西岡、今綾香に電話かけたんやけどさ」

「なんやて？　お前今さら綾香ちゃんに何の用があったんや」

「いや、あの、ちょっと寂しくなって」

「アカンやろそれは、お前もう一回付き合いたいんか」

「まあそういう気持ちもあったかな」

「懲りん男やなぁ、ほんで綾香ちゃんはどうしてた」

「もう彼氏がいたわ」

「ハッハハハハハ!!」

「終わりや」

「お前アホちゃう」

「完全なアホやな」

「ほな、飲みにでもいくか、俺ヒマやし」

「おう、明日空いてる？」

「まあ空いてるで、ほな六時にいつものとこ集合な」

「オッケー」

＊

翌日、まず俺は医者に電話をかけた。デプロメールを飲んでいてもたってもいられなくなったのは、アカシジアと呼ばれる副作用だと説明された。服用を中止すれば元に戻るということだったので、デプロメールは机の奥にしまった。薬にさえ見放されるとは俺らしいぜ、やれやれ。次の診察の予約を迫られたが、病院でまた惨めな思いをしたくないので断った。今日は西岡と飲んで、いろいろ話を聞いてもらおう。京都三条のとある大衆居酒屋で、西岡は俺の失敗を聞いて楽しそうにしていた。

「一年もたって急に連絡取るなんてお前、アホの極北やぞ」

「はぁ……」

「まあ、次探せよ。寂しいんやったら俺からも女の子紹介したるやん」

「綾香がいい」

「は？」

「俺は綾香がいいんや」

「お前目ぇさませや、今やから言わせてもらうけど、あんな女どこがええねん。付き合ってたときお前しんどそうやったぞ、あいつは俺のことをわかってくれんとか、二人でやってたＦＦⅥを勝手にクリアしたとか、文句ばっかり垂れてたやんけ」

「そうやっけなぁ」

「クロノトリガーも勝手にクリアされてたやん」

「せやったかなぁ」

「思い出は美化されるもんや。人間には思い出補正機能が初期搭載されとるんや」

「うーん、確かに綾香は俺のことわかってなかったけど、俺も綾香のことわかってなかったし、そもそも他人を理解しようとすることに無理があるんとちゃうかな、だいたい、自分のことだって俺らはわかってるんか？」

「自分のことはわかるやろ」

「どうかなぁ」

「俺こないだレポートでウィトゲンシュタインについて書かされたんやけどさ」

「へえ、お前が哲学か」

「興味ないけど、課題で出されたから仕方なく読んだんや。ウィトゲンシュタインも人は永遠に他人を理解することはできない、完全なる理解などといったものは存在しない、ということを書いとった」

「同意やわ」

「ウィトゲンシュタインはその理解できない領域を『カブトムシの箱』って呼んどった、なんかあんまりセンスない気がするけどな、奴が言うには痛み、悲しみ、喜びとか、内面的なものはリンゴとかバナナみたいに人の目の前に出して見せられる性質のものではなく、自分自身の例についてのみ知りうるプライベートな体験であるらしい」

少し興味深い話題になった。俺は久しぶりに、友達との会話を楽しもうという気になった。

「そらそうやな、痛いとか悲しいとか言ったたって、同じ言葉で表されてもそれぞれ違う実質を持ってるし、相手の痛みがどんなものか具体的にはわからんに決まってる」

「そうや、俺らが何らかの言葉を用いるとき、それらの言葉が他の人にとっても同じものを指しているという保証はないわけや。たとえばカップルが一杯のジュースにストローをさして二人で飲んでいるとしよう。二人はにっこりと笑い合って、『おいしいね』と言うわな、むかつくことに。でも、その『おいしい』の指す意味内容は必ずしも一致しない。この確認し合えないものをウィトゲンシュタインは『箱の中のカブトムシ』と表現したんや。やっぱセンスない気がするけどな。とすると、これらの言葉に有意味性、つまり同一の単語は同一の指示関係を有するということ、を認めることができなくなる。指示対象を知覚して確認することができない、となれば有意味性の基準を言葉の使い方のルール、慣習みたいなものに求めるしかなくなる。まあ『痛み』という言葉が指す内容が完全に一致することはありえなくても、ある程度の類似性をもって認識されとるわけやから、言葉が全く無意味というわけではないんやけど」

「じゃあメンタルな事象を表す言葉は全部、だいたいこんな感じやろ、という程度にしかわからんというわけ？」

「そういうことになるな」

「じゃあ会話の完全な成立は不可能なわけ？」

「まあ、客観的な事実を伝えるだけなら可能やろけど、そんな会話はほとんどありえんからな。不可能と言ってもいいやろ」

「じゃあもうアレやん、相互理解とか絶対無理やん。男女の付き合いでも、友達との付き合いでも、相手の気持ちがわからずに悩むっていう場面は出てくるけど、それは無駄な努力ということになるな」

「いや、無駄ではないやろ。みんな少しでも溝を埋めるために真実に近い言葉を選んで、自分というものを伝えようとするんや。自分の持ってるカブトムシの形をなんとか正確に伝えようとするんや」

「いいや、無駄やわ。ウィトゲンシュタイン様の言葉を借りるとやで、たとえ相手のカブトムシがどんなものかを知ろうとしても、相手が自分のカブトムシについてしゃべってるのを、こっちは自分のカブトムシを確認することによってしか理解できひんわけやん。何言ってるかわかる？」

「わかる。まさにそういう話やから」

「あぁ、うれしいっていうのはあのときの、俺が高校受かったときの気持ちと一緒かな、痛いっていうのは、俺がバスケの授業中に骨折したときぐらいの痛さかな、いや、捻挫したときぐらいかな、っていう雑な解釈で終わってまうということやろ。そんなもんお前、お互いの認識がズレズレになっていくやんか。しゃべればしゃべるほどズレる。いくらカップルがお互いに好きって言い合っても、それがどういうことなのか、どの程度なのか、たとえばライクかラヴか、男のラヴは女から見るとライク程度のものかもしれんし、その逆かもしれんし、とにかくお互いによくわからんわけやろ。しかもお前、相手の箱の中にカブトムシが入ってなかったとしても、そいつが何を語ろうが自由なわけやん。つまり、箱の中身は捏造《ねつぞう》されうる。そんな会話に価値があると思うか？　お互いにズレた認識の中で、曖昧な意味しか持たん言葉が誤解を次々に生んでいくんやぞ。それどころか、全部ウソかもしれへんのや。なるほどなぁ」

「何がなるほどなぁ、じゃアホ。違うやろ、自分の箱の中のカブトムシを見ることだけは確実にできるんやから、それを伝える術を模索するのが普通やろ、あきらめたらそこで試合終了や」

「いや、違うな。ウィトゲンシュタインは自分の箱の中のカブトムシだけは見ることができる言うたかもしれんけど、それも疑わしいわ。たとえば自分のことでも『痛い』なんて感覚、定義できるか？　その『痛さ』っていうのは感じている間にしか存在せえへんやん、いっぺんケガか何かが治って感覚が消えてしまえば、それと全く同じ痛さは想像においても正確には再現されへんやろ。せやから俺がバスケで骨折ったときの痛さ自体曖昧にしか思い出せへんのや、ということは、それを参照したところで、曖昧な言葉を、さらに曖昧な自分の記憶に照らし合わせてとらえるという、ほとんど無意味な行為にしかならんということや。それは痛さだけじゃなくて、他のあらゆる感情とか知覚にあてはまるはずや。ということは気持ちを伝えることは不可能なんや。俺は正直自分のこともよくわからん。自分のことがわからんのに他人の理解なんて最初から無理な話やったんや」

「まぁ待て、俺のレポートを読め」

そう言って西岡は鞄からＡ４の紙を三枚取り出した。その最後にはこうあった。

だが、完全な理解は不可能でも、互いに歩み寄る努力は生きている限り必ず必要となる。それは生きている間中だ。「他人を理解する」という言葉は、完全ではなくてもある程度以上相手のことがわかったという時点で使われてよい言葉なのだろう。さて、「他人を理解する」ということは、私の考えるところでは、自分とその人が同じ存在ではないということを思い知るところから始まる。「理解」とは、しばしば誤解されているように、その人と同じ気持ちになること、合意を得ることではない。むしろ自分と相手のあいだにある深い溝に気付くこと、他人のみならず自分自身との関係においても言葉の無力に深く傷つくこと、ここから「理解」への確かな歩みが始まると私は信じている。そしてそこから相手と、時に顔をのぞかせる無意味さに耐えながら対話を重ねることによって「溝」を埋めていくこと、埋めることが難しくても「溝」がどんな形のものかを次第に明確にさせていくことで、やっと「理解」が産声を上げるのである。

「なんじゃこの駄作は」
「駄作ちゃうわ！　だから、人間はお互いに歩み寄る努力が必要不可欠なんやって。

もう、ご飯を毎日食べなあかんとか、トイレに毎日行かなあかんとか、そういうことと同じくらい避けては通れんことなんや、一生な」

「お前はアホか。きれいごとばっかり書きやがって、自分と相手の間にある溝の形がわかったところで、それは理解じゃないやろ、諦めというもんやろ。あなたのことはさっぱり理解できませんという確認でしかないやろ。そんなことのために努力するくらいなら、最初から何もせんくていいんと違うか」

「お前がそう思うならそれでいいかもな、俺はそれでは生きていけんと思うけど」

「なんでや」

「人間が一人で生きていけると思うか」

「俺はわけのわからんやつと付き合うより一人の方が楽や」

「じゃあお前はこれから友達もなく、彼女も作らずに生きていくということやな」

「彼女なんてもういらん。友達かてお前一人がおったら十分や」

「お前な、友達というのは広く作るべきやぞ、絶対にな。お前が俺との一対一の関係だけに所属しても、俺はお前とは違うから、他に複数のグループに属してる。A、B、C、D、Eといろんなグループに属して、それぞれ使い分けてる。真面目な話するときはA、ハジけて遊ぶときはB、ボクシングするときはC、というふうにな」

西岡はボクシング部に入っていた。試合成績は三戦三敗だったが。

俺は黙って話を聞き続けた。

「所属グループをひとつだけに絞ってしまった場合、そことの関係に依存してしまうから、そこを追われたら終わりや。だから気を使ってしまいがちになる、健全な関係が保ちにくくなる。違うか」

「俺はお前に気なんて使ってないぞ」

「でも、もし俺がお前に腹を立てて、絶交やと言った場合、俺は他のグループの友達がいるからダメージは少なくてすむ、それに比べてお前は交友関係がゼロになってしまうんやぞ。これが対等な関係と言えるか？」

「俺は一人になっても仕方ないと思ってるから、つまり交友関係ゼロという事態も受け入れられるという気持ちでいるから、対等と言えるはずや」

「……そうか、それならもうええけど。ちょっとトイレ行ってくるわ」

西岡が席を立った。机には西岡の携帯が置きざりにされていた。俺は西岡の、俺以外の人との交友関係というものをどうしても覗いてみたくなって、メールボックスを開いた。ロックされてはいなかった。最低な行為だが、俺は唯一親友だと思っている男の本音というものを確かめずにはいられなかったのだ。

見ると、今日の昼に小林という男とメールを交換していたようだった。

ＦＲＯＭ　小林
お前今日ひま？

ＦＲＯＭ　西岡
ひまと言いたいところやけど、飲みの約束があんねん。すまん。

ＦＲＯＭ　小林
なんや、合コン誘おうかと思ったのに。一人急に欠けやがってな。

ＦＲＯＭ　西岡
マジか!?　参加するわ!!　どこであるん??

ＦＲＯＭ　小林
飲みの約束あるんと違うんかい笑

ＦＲＯＭ　西岡
あるけど、相手どうでもいい奴やから笑　まぁ今からすっぽかしてキレられたら厄介やし、二次会から参加ってことでいい？

ＦＲＯＭ　小林
わかった、また連絡するわ。

ＦＲＯＭ　西岡
オッケー、こっちの飲みは早めに切り上げるわ。

……どうでもいい奴扱いされていた。もう少しさかのぼって、俺の話題が出ているところを探してみる。

ＦＲＯＭ　西岡
ちょっと聞いてくれや！　俺の連れが精神病になりよってんけど笑

ＦＲＯＭ　清水
マジかよ笑　ホンマにおるんやな、そういうのって。

ＦＲＯＭ　西岡
前から気の弱い奴やったけど、病気とはな笑

ＦＲＯＭ　清水
自殺とかしよったらバリおもろいやん！

ＦＲＯＭ　西岡
それは言いすぎやろ笑

そこまで読んで、俺は携帯を元の位置に戻した。西岡はトイレから帰ってきて少し話した後、「ちょっと俺この後用事あってさぁ、このへんでお開きにしようや」と言ってきた。俺は暗い気持ちで電車に揺られ、滋賀の自宅へ帰った。

部屋でいろいろと本を読んでみたが、ますます気が滅入ってきたので一階のリビングでテレビを見ることにした。ニュースを見ると殺人事件が報じられていた。六歳の女の子が母親に殺されたらしい。俺も小さい頃に殺されておけば、こんな憂鬱な気分になることもなく、みんなに惜しまれて幸せに生涯を終えられたのだろうか。

「おいショウ」

ボーっとしていたら、横でパソコンとにらめっこしていた父親が急に話しかけてきた。

「これからはやっぱり英語ができなあかんぞ、こないだのＴＯＥＩＣは何点やった」

「７２０点」

「全然あかんやないか。８００は越えんと話にならんわ」

うるさい。

「わしは最近、英語やっといたらよかったってつくづく思うんや。お前みたいに大学に入ってゆっくり勉強する時間があればどれだけよかったか。わしは早くに父親が死んだから、金がなくて高卒になってしもたけど、金さえあれば絶対に大学に入ってたな。まぁそれでも、高卒の中ではトップクラスの出世スピードや。仕事ができたし、先見の明があったんやな、わしには。お前みたいに恵まれた環境におったら、もっといい人生が歩めたのにって思う。そやからお前はわしには感謝せなあかん」

うるさい。

「高卒のやつらはわしによく言うてきよるんや。伊村さんは、僕たちの希望の星ですって。高卒でもやればこれだけできるということを、わしが見せてやってるからな。大卒の仕事できひんやつはわしのことを妬んでイヤミ言うてきよるけど、悔しかったら仕事でわしに勝ってみろと、いつも言うてやるんや」

うるさい。

「わしの会社には六万人もの社員がおるけど、わしはその中で上位五パーセントの地位まで来た。でもここまで来るにはすごい苦労があった、人の二倍、三倍の努力はしたっていう自信があるわ」

うるせー！

俺はテレビの方を見ながら頷いていたが、親父が何か言ってほしそうだったので口を開いた。

「すごいな、親父は金さえあったら東大理Ⅲでも入って今頃医者になって年収三千万越えてたんやろうな」

親父は機嫌を悪くして俺のほうを睨んできた。

「なんやその言い方は」

「聞きたくないねんそんな話は。自慢しかできひんのかいな」

「お前誰のおかげで生活できてるかわかってんのか！　こんないい家住ませてやって！　大学にも行かせてやって！　奨学金も取らずにやぞ、どれだけ幸せかわかってんのか？　わしは」

「はいはいわかりました！」

ますますうっとうしいことになりそうだったので俺は二階の自分の部屋へと階段を駆け上がった。

「待てや！」

親父が叫んだが無視した。この後母に「あいつの育て方を間違えた」などとギャーギャー騒ぐのだろう。なんじゃいホンマに。あんな恩着せがましい自慢しいのおっさんは最低だと思う。でも俺は、自分に若干父に似た部分があることもなんとなくわかっていた。父のようにあからさまではないにしろ、自分を誰かに認めてもらいたいという思いは、本当は強かった。だがもうアピールする部分がないし、努力する意欲を掻き立てるものもないし、ただどうしようもないだけだった。

部屋に入るとそこはいつも通り腐海《ふかい》のようだった。読んだ本が床に散らばっており、何日も前のお茶が入ったコップが数個並んでおり、机には二回生のときにほんの少しだけ手を付けた公務員の地方上級・国家Ⅱ種基本テキストが積んである。国Ⅰは東大生に圧倒的に有利だと聞いていたし、給料も激務の割に冴えない様子だったので初めから目指さなかった。公務員試験にはいくつかの科目があり、そのうちの数的処理と憲法だけは一通りこなしたが、どうやら俺の世代はちょうど団塊の世代が抜けて一般企業に就職しやすいと聞いて、元々なんとなくで勉強していた俺のモチベーションはすぐに完全消滅した。給料だって公務員は安定しているが大企業には遠く及ばない。一般企業は、一部を除き入社するのに特別な勉強もいらない。易きに流れる男・伊村。学歴よりもコミュニケーション能力が重視されつつある昨今、俺のような社交性ゼロ人間が大企業に入れる可能性は著しく低いはずだった。しかし今努力しなくてよくなるという、ただ一時の楽を求める気持ちがそのような暗い予測を覆い隠した。

公務員テキストの残骸の横には、俺愛用のノートパソコンが置いてある。数々の不出来なレポートを輩出し、数々のアホのようなエロ小説を生み出し、自分に都合のよい数々のウソ日記をミクシィにアップし続けた、社会に何の利益ももたらさない俺のいわば共犯者であった。ミクシィというのは完全招待制のソーシャルネットワーキングサービスで、そこでは日記を書いたり、共通のものに関心を持つ人同士でコミュニティを形成したりして、様々な人達と交友を深めることができる。俺は今日もミクシィに日記を書いた。俺は西岡の紹介で、女性としてこの小さなネット社会に登録されている。名前はりりか。二十一歳。いわゆるネカマである。

タイトル：FALLING
最近高い所から飛び降りる夢をよく見ます。落ちている途中で目が覚めるんですけど。飛び降り自殺。これは若い人に人気が集中してる自殺方法らしい。なんでだろうなー。なんかかっこいいのかな？　飛び降り自殺の名所とか昔よく聞いたもんだけど、いまでは高層ビルが主流だって。

自殺の方法と注意事項！　ビルからの飛び降りの場合、飛び降りる場所の高さと落下地点の確認を事前に行うことが大切。未遂で終わったケースは、大半が飛び降りの際十分な高さがなかったためらしい。もし、本当に死ぬ気があるのならためらわず二十メートル以上の高さからいっちゃえ！　ということです。落下地点に関しては、下がコンクリートであればベスト。植え込み、車なんかがあってはいけない。服によっても影響があるみたいで、コートみたいなやつは空気抵抗が大きくて落下速度を遅めてしまうからだめだって。

いろいろ難しいんだなー。細かい条件をそろえるのはめんどくさいし、二十メートルとかよくわかんないけど、要は思いっきり高いところからダイブしちゃえばいいってことだよね笑
四国の足摺岬・熱海の錦ヶ浦・花厳滝あたりは有名な自殺の名所らしいんだけど、こういうところめぐってみるのも楽しいかも?? あぁ、もう死にたい。最近何もかもうまくいかなくって、だめなんです。本当に死にたい。そんなことばかり考えてしまいます。

イタイ日記である。最初から精神的におかしい、イタイ子として設定していたのでこういう日記ばかりを書いてきた。するとそれを心配する(ふりをした)男共がわんさか寄ってきてりりかにメッセージを寄せた。今日も同じだった。

コメント:高いところから飛び降りる夢、僕も見ます。いつもプールの飛び込み台からで、水が入っていないのです。大体、コンクリートに激突する寸前で起きます。でも、この夢を見ると、必ずいいことが起こるのです。だから、怖いけど、少しうれしかったりします。りりさんの夢も、いいことが起こる兆候かもしれませんよ。

辛くなっても、自殺なんて考えちゃだめです。僕でよければいつでも相談に乗ります。

コメント：ええ、まだ二十一歳なのに死にたいって？　早すぎるんじゃない？　あまりにも。人の人生、永遠でないからこそ生きてるあいだ価値があるんだと思うけど、でも、その間悩みも多いところがつらいとこでもあるね。黒澤明監督の『生きる』って映画観るとけっこう生きる意味って教えてくれるかもしれないね。長年役所勤めの歯牙ない役人が癌になってはじめて残りの時間をどう有効に使おうか考えるってやつね。よかったら見てみてね。

コメント：きっとあなたが死んだら悲しむ人が居ると思います。お父さん、お母さん、友達……可愛くて優しいりりさんに救われている人も居ると思います。もしも、少しでも何か希望を持っているのなら、それを捨てないで生きてください。会ったこともないのに、なにも知らないのに、えらそうなことを書いてごめんなさい。

このようなコメントを残していくのは、九割九分が男だった。トップの顔写真にはネットで拾ってきたかなりの美人の写真を使っているので、それだけでおもしろいように男が集まってくる。そして下心を悟られないように細心の注意を払ってコメントしてくるのだった。相手が男だとわかっていたら、みんな素通りしていたに違いなかった。最初はどれだけの男が釣れるかという純粋な好奇心から架空のイタイ美女を作り上げたのだったが、なぜか本物の俺が精神病院送りになるという予想外の出来事が発生した。もしかしたら俺の方がこのりりかよりもイタイ奴なのかもしれない、と思うとなんだか悲しくなった。俺の考えうるイタイ要素をすべて詰め込んだこいつよりも現実の俺の方がイタかったのである。そりゃそうか、一連の日記に書いたことは俺が少なくともちょっとは考えたことのある内容なのだ。まだマシなところと言えば、リストカットをして他人に見せびらかせたりしない点くらいであった。

俺はこのりりかという女性のアカウントを、哀れな男どもを釣り上げるためだけでなく、ミクシィ内にいる知人の日記を覗き見るためにも使った。ミクシィでは誰が自分のページを見たのかがわかるようになっているので、本名で痕跡を残すとなんだか自分の動きが相手に見られているようで気味が悪い。おそらく正体不明のメンヘラ女性に覗かれる知人たちの方がよっぽど気味が悪かったろうが、そこは仕方ない。俺が最優先するのは俺である。

実を言えば、俺が持っているアカウントはりりかだけではない。同じ人物で何度も足跡を残すと、相手もこちらに興味を持って接触してくる、という非常事態が起こりうる。そうなると、俺のページのマイミク（ミクシィ内での友達）として登録されている西岡から俺の身元が割り出される危険性も高まってしまう。そのため、俺はりりか以外にも三人の影武者をミクシィに忍び込ませた。一人目はイギリスから日本に留学してきた謎の外国人ブライアン・ウィリアムス。二人目はK―1観戦にのめり込むあまりついには自分も極真空手を習い始めた佐竹ムサシ。三人目は競馬で一攫千金を狙う無職の長井ひろゆき。

その頃、ミクシィではフリーのメールアドレスをいくつも取得すれば、その数だけ人格が作れた。この計四人の日記を俺が妄想で作成し、一応その存在を確からしく思わせるだけの体裁を整えておきながら、交代で知人のページを覗くことにしたのである。しかし、これはかなりの体力を消耗する作業だった。ブライアン・ウィリアムスのたどたどしい日本語を考えたり、佐竹ムサシの練習メニューを考えたり、長井ひろゆきの穴狙いの買い目を考えたりするのは、最初は悪ふざけの楽しさもあったが、すぐにネタが切れて骨が折れるばかりの苦行となった。結局、数か月ほどした頃には主人格のりりか以外を使うことはなくなり、だんだんとミクシィにログインすること自体が少なくなっていき、今日日記を更新したのも数週間ぶりであった。

はぁ。

寝るか。


そう思ったとき、俺の頭にふと、ある考えがよぎった。

「綾香はミクシィやってへんのかな」

不思議と今までそんな考えが浮かんだことは一度たりともなかった。なんとか思い出さないように防衛機制が働いていたのかもしれない。しかし昨日声を聞いてしまったせいで俺は綾香を鮮烈に思い出していた。それはもう、すごく思い出していた。元カノの生活を覗く男・伊村。きめぇ、もう終わりだな、と思いながらもこれだけは調べておきたいという思いが振り払えなかった。とりあえず綾香のフルネーム「水原綾香」を入力し、検索してみる。

八件ヒット。

綾香が本名で登録しているかどうかはわからないが、とりあえず一人ひとり調べてみよう。もし本名で登録しているとすれば、年齢や住所や血液型も嘘を書いていない可能性が高い……

八人のうち、二十一歳で現住所が京都になっているものを探した。すると見事に一人しかいなかった。

名前　水原綾香
性別　女性
現住所　京都府京都市
年齢　二十一歳
血液型　A型

きた……

日記も今年の一月からいくつかアップしている。おそらく見ない方がいいと思うのだが、昨日の電話よりもひどい事態はもう起こらないだろうと思い、日記を古いほうから開いた。

一月二十五日
今日はすごくいい日になると思っていたのに、最後の最後で一気に落とされました。今年一番のへこみかも……私の愛チャリが車にひかれてしまって、タイヤ&ギアが故障し重症。乗りだして2年間盗まれる事もなく平穏にやってきたのに、修理に1週間かかるらしく……トホホ……取り乱してた私をなだめてくれたケンちゃん&リエちゃん今日はどうもありがとうです。

三月十三日
今日は久しぶりに家でゆっくり過ごしました。特になんにもする事がなかったけど、一日があっという間に過ぎてしまいました。休みってホント一瞬で終わっちゃうよね。

四月十日
今日から三回生。大学の講義開始です。私は現代史を専攻したけど、難しそう……なんだか徹夜する日が増えそうだけど、がんばりたいと思います。

特になんということもない、普通の日記が続く。しかも、月に一回ぐらいしか更新しないくせに、そのひとつひとつが短い。まぁ、あいつは日記付けるなんてガラではなかったな。多分友達に誘われて、付き合い程度にやっているのだろう……いよいよ最新の日記までやってきた。今日の日記だ。

六月二十五日
昨日は元カレから電話がかかってきました。今の彼氏にはすごく悪いんだけど、ひさしぶりに声が聞けてよかったって思っちゃった。いろいろ迷惑かけたし、別れた原因も私のほうにあったので、本当に申し訳ないという気持ちでいっぱいなのです。幸せになってくれるといいな。

俺は目を疑った。昨日電話をかけてきた元カレというのは俺のことだろうか。本当にそうか？　いや、そんなに都合の良いことが、あっていいはずがない。電話ではしっかり俺のことをけなしていたではないか。いや、もしかしたらあれは今の彼氏の目の前だったからそう言わざるを得なかったのであって、本心はこちらの日記ということになるかもしれない。ありうる。となると、やはりこの日記は俺のことを書いていると判断していいのだろうか。いや、待て。本名をさらしてこんなことを書くなんて、いくらなんでも無防備すぎる。あいつはそんな馬鹿なことはしない。彼氏に見つかる危険性だってある。そして、このように俺が見てしまう可能性だってある、というか、実際見ている。きめぇ俺。いや、もしかしたら、見て欲しかったのか？　俺に。俺に対するメッセージなのか？　とすれば、もう一度接触を試みる価値はある。復縁できる可能性だってある。西岡なき今、俺が心を開けるのは綾香しかいない。いや、待て。今の彼氏が見た場合、この内容が非常にまずいものであることは間違いない。もし俺だけにメッセージを届けたいのであれば、一人になったときに、昨日電話番号が割れた俺の携帯に電話をかけてくるのが一番安全で確実である。まだ、そこまでは気持ちが高まっていないということだろうか。ならばこちらから、いや、待て待て、これは今の彼氏に対する綾香の戦略の一部かもしれない。俺が付き合っているときも「前の彼氏はよかったなぁ」的なことを言われたことが幾度となくあった。「前の彼氏はもっとやさしくしてくれた」「前の彼氏はもっとセンスのいいプレゼントをくれた」などと言われると、焦って彼女の気に入ることをしようと必死になった。それを見て綾香は満足そうにしていた。あのときのように、こういった牽制で彼氏を焦らせて自分の意のままにコントロールしようとしているのだろうか。だとすれば、この日記は俺でなく、俺をダシに使った、今の彼氏へ当てたメッセージということになる。だとすれば、俺への好意はただの見せかけ……いや待て。少々考えすぎではないか。素直に文面を受け取るほうが自然ではないか。俺は確かにいろいろと迷惑をかけられたし、別れた原因もなるほど綾香にあったと言えるではないか。綾香が俺に対し申し訳ないという気持ちを持っていてもなんら不思議ではない。よし、こちら側の解釈でいこう。そうだ、デプロメールがアカシジアの副作用の代わりにとんでもない恩恵を授けてくれたのだ。

＊

俺はその晩今後の戦略を考えてあまり寝付けなかった。うまくすればまた綾香と付き合える。もう俺からはすっかり人とのつながりが失われており、彼女以外に人生の意味付けをしてくれる存在がない。どうするのが一番適切なのか。まずはメールを送ろうか。前に一度綾香の知人と話したときに聞いた限りでは、綾香はアドレスを変えていない。今こそ渾身の一撃を。大学受験以来一切使わなかった脳みそをフル稼働させるときである。俺はベッドから起き出し、机に向かってノートに文章を書き出した。

最初から携帯で書くよりも、自分の手で字を書いて気持ちを整理したいと思ったのだ。いやあ、手書きっていいもんですね。大学のレポートなんかも手書きで出させればいいのに。簡単にコピペで済ますことはできなくなるし、ネットからパクるにしても、手で写す作業があれば頭にも多少内容が残るだろうに。さてさて、どう始めようか。こんにちは……いや、夜に送ろう。

こんばんは、お久しぶりです。伊村です。消さずに読んでくだされば幸いです。この間は変な電話をしてしまって、ごめんなさい。でも、あなたの他に僕の話を聞いてくれる人が思いつかなかったのです。それはあれから一年たった今も、全然変わっていなかったのです。あのとき、僕はあなたの手を離すべきではありませんでした。一時の感情だけで安易な選択をしてしまったことを、今では本当に後悔しています。僕は、やっぱり、あなたのことが大好きです。素敵なあなたのことですからもう彼氏がいるかもしれません。だから、もう一度付き合いたいだとか、そんなわがままは言いません、ただもう一度、僕と会って話をしてくれる気になったら、お返事ください。このメールを読んで、馬鹿だなこいつ、と笑いたくなったのなら、友人や彼氏に見せて笑いの種にしてくれても一向に構いません。

キモ!!!　俺は書いていてうすら寒くなった。使ったこともない一人称「僕」を無理に使い、しかも相手のことを「あなた」で指すだなんて、自分としては真剣さをアピールしたつもりだが、逆に滑稽だろうか。やはりコミュニケーション能力のない俺は、時間をかけて考えられる手紙の文章ですら相手の心をつかむことができないのか。他人の理解は不可能、その結論は自分の中ですでに出してしまっていたが、綾香にだけは自分のことを見て欲しい、少しでもわかって欲しい、そして存在を認めて欲しい、そういう気持ちになった。西岡は歩み寄りの精神ということを強く主張していたが、それが少しだけわかった気がした。他人などわからない、対話は無意味、そういう理屈では諦められない領域というのがある。おそらく人間関係の構築がうまい、人の心をつかむことがうまい人というのは、その領域が広いのだ。もしくは単に恐ろしく口がうまいか、どちらかだ。俺はキャパシティが狭く、ごく一部の人間にしか西岡の言うような精神が発揮されないということなのだろう、いや、ごく一部というか、その対象はもはや綾香一人に絞られていた。

俺はそれから二週間と少し、大学の期末試験が近づいてきているというのに、メールの文章だけを考えて過ごした。「おはこんばんちは！　伊村です。こないだ変な電話してごめん！　でも、マジで助かったわ、ホンマにありがとうな」　これは軽すぎるか。「この前話して、やっと自分の気持ちに気が付きました。やっぱり俺は、あなたのことが好きです。大好きです」キモい！　いや、ほとんど告白の文章なのだからどうしたってキモくなるのは仕方がないのか。むしろ少々キモいぐらいのほうが本気さが伝わっていいのかもしれない。いややっぱり重いかなぁ。「やっほ！　元気してる？　伊村です」軽いな。どうすりゃいいんだよー！

……俺は悩みに悩んで頬がこけてきていた。少し無理をすると元々細い体がさらにやせてしまうという困った体質だった。いい加減試験勉強もしなければ留年してしまうではないか。社会からはぐれ始めている上に留年なんてしてみろ、一生就職できなくなってパーフェクトニートと化してしまうぞ。はやく……はやくしなければ！　俺は去年落としていた中国語の再履修の試験前日になって、さすがにマズイと思い、文面を完全に決めた。

こんばんは、お久しぶりです。伊村です。消さずに読んでくだされば幸いです。この間は変な電話をしてしまって、ごめんなさい。でも、あなたの他に僕の話を聞いてくれる人が思いつかなかったのです。それはあれから一年たった今も、全然変わっていなかったのです。あのとき、僕はあなたの手を離すべきではありませんでした。一時の感情だけで安易な選択をしてしまったことを、今では本当に後悔しています。僕は、やっぱり、あなたのことが好きです。大好きです。忘れよう忘れようと思っても、あなたのことがすぐに頭に浮かんでしまって、全然ダメでした。素敵なあなたのことですからもう彼氏がいるかもしれません。だから、もう一度付き合いたいだとか、そんなわがままは言いません。ただもう一度、僕と会って話をしてくれる気になったら、お返事ください。いや、その気にならなくても、返事をしてくれただけで、それだけで、僕はすごく救われます。このメールを読んで、馬鹿だなこいつ、と笑いたくなったのなら、友人や彼氏に見せて笑いの種にしてくれても一向に構いません。

あれ、これって最初に書いたやつじゃね……一周して元に戻ってきてないこれ？　俺の二週間はいずこへ？　と思ったがもうこれ以上迷っても仕方がないと割り切った。綾香だってレポートを六時間かけて直そうとして、結局元のままだったじゃないか。迷うことはいくらでも可能なのだから、どこかで踏ん切りをつけないとだめだ……この二週間、俺はメールの内容について悩んでいたのではなかったのかもしれない。メールを送るか、送らないか、その二択を、内容の推敲という口実でずっと引き延ばしていたのかもしれない。俺はありえないぐらいに震える手を押さえて、マリリン・マンソンを聴きながら送信のボタンを押した。ファック・イット・オール！

それから普段吸わないタバコを親父のストックからくすねて吹かし、コーヒーを飲み、気が狂ったように中国語の試験勉強に没頭した。何かしていないと心臓がざわざわして、おかしくなりそうだった。俺はその夜中国語の例文を五十ほど一気に暗記し、教科書の和訳もほとんどすべて丸覚えし、翌日の試験は九十六点で通った。もちろんその二時間後にはどの例文も忘れていた。

＊

それから一週間後の七月十八日、まだ返事は返ってきていなかった。俺は数々の試験勉強に全神経を集中させることで何とか精神の安定を図っていた。こんなにしっかりと試験対策をしたのは、大学入学以来初めてのことだった。

人間を最も強く動かすのは、何かから逃避したいという思いではないだろうか。高校時代、定期試験の勉強をしなければならないとなると、俺は必ずマンガを読みたくなった。家にあったドラゴンボールを、もう読んだことがあるにも関わらず、一気に十冊くらい読まずにはおれなかった。試験が終わって、いくらでもマンガを読んでいい状態になると、そんなものはてんで読みたくなくなるのである。あまり仲の良くない友達に遊びに誘われたとき、俺はゲームがしたくて仕方がなくなった。途中で投げ出していたＲＰＧの続きが異様に気になりだし、誘いを断って五時間でも十時間でもぶっ通しでやり続けた。そして本来なら友達と遊んでいたはずの時間が過ぎると、魔王の世界征服などどうでもよくなるのだった。

そして今、別れた彼女からの返事を待つという精神的に耐え難い状況に陥り、俺は普段嫌でたまらない勉強をせずにはいられなくなっている。なるほど、俺はより辛いことから逃げること、それによってエネルギーを発生させているのだ。自家発電はできない体質なのだ。

思えば小学校時代も、サッカー部に入って人間関係がうまくいかず、そこから抜け出すために勉強をやり始めたのだった。親が何か真剣に取り組むことを見つけないとサッカー部をやめさせてくれないというので、俺は脇目もふらずに猛勉強しまくり、当時塾での偏差値は八十を越えた。さしてレベルの高くない塾だったが、その全国模試で一、二位を争うまでになった。滋賀のこぢんまりした片田舎で俺は神童とされ、あだ名はそのまま「神」になった。そこまですると流石に親も俺のがんばりを認めてくれ、退部が許されたのだった。情けないが、これも動力源の一つの形である。

七月二十五日、俺は大学の試験をすべて終えた。メールは返ってきていなかった。もし俺が綾香の立場だったら、やり直したいという気持ちを少しでも持っていたなら、多少迷う気持ちはあったとしても、喜んで三日以内には会いたいという旨の返事を送るであろう。この二週間の放置は、無言の拒絶と判断するのが妥当だ。やはり六月二十五日の日記は今の彼氏に対する左ジャブと捉えるのが正解だったのだ。そこからのチョッピングライトを狙っているのだろう。都合の良い解釈は絶望を呼ぶ。うへぇ。俺は半ばあきらめて、恐くて覗けなかったミクシィの綾香の日記を久しぶりに覗いてみた。あれから一度だけ更新していたようだ。

七月十三日
ちょっと前に元カレからメールがきました。私のことがまだ好きだとか、簡単に言えばそういう内容でした。私はそれがとてもうれしくて、でもどうしていいかわからなくて、途方に暮れています。私はハッキリ言って彼のことが、まだ好きです。でも、今の彼氏も大好きなんです。私には二人を比べることがどうしてもできません。

日記は短かったが、その内容はまた俺を睡眠不足にするものだった。今俺は、恐らく今の彼氏と同じ場所に立っている。差があるとすれば、今付き合っているかいないか、その点だけじゃないのか。あきらめかけていた俺に一筋の光明が差した、ような気がした。俺はちょっと思った。「勝てるかもしれない」と。

往々にして、追われる立場というのは苦しいものである。先を走っている人間がいれば、後から行くものはそれを目標として勢いよく加速しやすいが、前に目標のないチャンピオンはひたすら己と戦うだけだ。その勢いの差が今ここにはある。そして、隣の芝は青く見えるという諺が示すように、今付き合っている彼氏よりも俺のイメージのほうが美化されているはずで、綾香はどちらかと言えば俺に傾いていると考えることができる。うん、そう考えよう。

今しかない。

俺は二通目のメールを送った。お願いです、返事をください。という内容で。私にはあなたしかいません、という内容で。一通目とほぼ同じだが、ここは一通目の衝撃が冷めないうちに畳み掛ける必要がある。内容ではなく、綾香に接触するという行為が今、最も大切なのである。

大学の心理学講義で聞いたのだが、人は初めて接するものには不安を感じるものだが、何回も同じものを見ることでその存在を認め、心を許せるようになっていく。これを単純接触効果と呼ぶらしい。繰り返し同じ対象に接触することで、その対象に対する好意が増すが、これを逆に言うと、ある人と接触する頻度が少なくなると、その人に対する好意も減少していく可能性が高いということになる。できるだけ俺という存在を忘れさせないよう、一方的であれ接触を試みなければならない。

しかしそれだけではなく、距離的近接性も重要な要素なのだ。人が親密になる物理的条件として、互いの距離が縮まること、というものがある。単純に、同じクラスまたは職場になった、家が近い、などの要因だ。そして、距離が近いというだけで様々な利点がある。相手のところまで行く時間もお金もかからない、即ち利便性が高い。人は自分の呼びかけに対して返答があれば快感を得るようになっていて、自分の近くにいる人にはそれだけ早い返答が期待できる。こういった近接性によるメリットはほとんど今の彼氏の方に味方している。俺はそれに少しでも対抗せねばならない。勢いは間違いなくこちらにあるのだから、後はマイナスの要素を減らしていけばいいだけだ。綾香から何か反応があれば、光の速さで返答してやろう。反応があればだが。

＊

大学は夏休みに入り、俺は一応、バイトをしていた。個別指導の学習塾で働いていたのだが、俺はここでも心開ける友人を得ることはできなかった。いや、俺があまりに閉じすぎていて、周囲がどう対処していいのか困っている、というのが正しそうだった。生徒とは一応仲良くしていて、たまに生徒の高校生たちと遊びに出かけることもあった。しかしその高校生たちは俺という個人を気に入ったのではなく、大学生の友達がいるんだぜ、という周囲に自慢することのできる一つのステータス、そして車が出せるとか、大人が一人いれば怪しい店に入りやすくなるとか、そういう利便性から俺と接しているだけに違いなかった。俺がいることによって場が盛り上がったとか、誰かが楽しそうにしていたとか、そういう場面はついになかった。

俺はふと思った。綾香にもう一度会いたい一心でメールなんざ送りつけてしまったが、俺は自分の絶望的な魅力のなさを忘れていたのではないか。綾香が日記に俺のことをまだ好きだなどと書いているのはやはり一年の月日が過剰に美化した俺のイメージによるもので、もし現実の俺に一度でも会ってしまえばそんな思いは一瞬で萎み、「やっぱりあんたと別れてよかったよ」なんて言われて、後はもう一生思い出してももらえないのではないか。俺は高確率で当たりそうなその予測に怯えた。そうだよ、そうなるに決まってる。やってもうたー！　メールなんかせんかったらよかった。綾香の思い出の中に、ただひたすらに純度の高い美しい幻影として一生残る方が幸せやったんや……

　俺は時を戻したいと、心から思った。そしてあれほど待ち焦がれていた綾香からの返事を、恐れるようになった。だめだ、もう綾香には会いたくない。だが、もし「私も会いたい」という返事が来た場合、会わないことは許されない。俺は慌てて三通目のメールを書いた。

　やっぱり、無理だったか……俺に返事をしなかったのは、非常に良い判断だと言わざるを得ません。ナイス判断です。イチロー級の選球眼です。最後になりますが、あなたと過ごした半年間は、僕にとって一生の宝物です。これから一切、お互いに接触することはないと思いますが、僕はあなたの幸せを祈っています。良い人生を！

これで終わりだ。俺は送信ボタンを押して、何かから解放されたような、清清しい気分になっていた。やはり俺は、一人でいるべき人間なんだ。彼女も友達もいらないんだ。だって、今こんなに気楽じゃないか。西岡も綾香も去った。しかし少しも悲しくはない。もう一度言おう、俺は、一人でいるべき人間なんだ——

そう思って半分泣きそうになっていたとき、電話がかかってきた。

俺は番号を見た。そして背筋が凍るのを感じた。

これは……パターン青。綾香である。

出るべきか、出ないべきか、出たとしても何を話せばいいのかわからない、出なければ、このまま平穏に過ごせる、しかし……

「ハイ、もしもし」

出てしまった。これが吉と出るか凶と出るか。それは綾香の第一声でほとんど決まる。

「おい、お前ふざけんなよ！」

凶と出た。

「な、何もふざけてへんよ」

「バッカじゃねーの、一人でメール送りつけて自己完結して」

「仕方ないやんか、返事こーへんのやから」

「あんなメールで返事が来るとでも思った？　脳みそウジわいてるんじゃね？」

「……」

「ホントに気持ち悪いからやめてくんない？　頼むから」

ここは耐えるしかない。俺のミスだ。電話に出てしまったという痛恨のミス。いや、未練がましいメールを送ってしまったミスか。いや、綾香と別れてしまったことが一番のミスだ。いいや、もしかしたら付き合ったことがミスだったかもしれない。あの日、あの時、綾香を素通りしておけば、こんな罵声を浴びることはなかった。メールアドレスを交換しなければよかったのだ。いや、もっと遡れば文学部を受験したことがミスなのだ。開示された点数を見たところ、素直に法学部を受験していれば合格していた。そうすれば綾香に出会うこともなかった。全く別のキャンパスライフになっていたはずなのだ。そしてこんな目に遭うこともなかったのだ。

「聞いてんのかよこのタコ！」

「き、聞いてるけど」

「もう二度とあたしとコンタクトを取ろうとしないで。一切のことを忘れて。あたしはあんたの頭の中に残るのもイヤなの」

くそ。悔しいが言葉がない。

しかし、それならミクシィの日記はどういうことなのだろう。

「ミクシィの……」

「ハァ!?」

「日記に書いてたことは……」

「あんたあたしの日記見たの!?」

「……」

「ほんっと気持ち悪いねあんたって！　別れてよかったって心から思うよ」

言わなければよかった。

「あの日記に書いてたのは、東京にいるときに付き合ってた彼氏のことなの！　あんたが電話かけてくる前、お昼に東京からかかってきたんだよ。え、まさか自分のことだと思ったの？　あんたの半狂乱の電話なんか聞いて、誰かもう一回付き合いたいなんて言うと思ったの？」

俺は恥ずかしさのあまり、電話を切ってベッドでのた打ち回りたくなった。そうだった。綾香の元カレは俺だけではなかった。同じ日に電話をかけるなんて、そんなややこしいことが起こっていいのか？　だが確かに綾香の言う通り、あの日の俺の電話は最悪だった。逆の立場で考えてみても、惚れ直すなんてことは絶対にない、それくらいのことがどうしてわからなかったのか。どうして日記に書かれていることを自分のことだと判断してしまったのか。サヨナラエラーだ。サヨナラワイルドピッチだ。あの日記は、俺ではなく東京の元カレをダシに使った今の彼氏への牽制球だったのだ。俺はダシにすら使ってもらえなかったということだ。

「……」

「あんたと違ってステキな人だよ、東京のコウちゃんはね。まぁ、今の彼氏が一番ステキなんだけど。とにかくあんたは私が付き合った男の中でダントツワーストワンだから、記憶から消したいの。人の日記覗いて気持ち悪いメール送ってきて、付き合ってるときからあんたって根暗で全然おもしろくなかったけど、別れてからこんなに不快な思いさせられたの初めて。なんであんたみたいのがこの世に存在してるんだろうね。早く消えたら？」

「うるさい……」

俺は涙声になって言った。

「ハァ!?　泣いてんの？」

「泣いてへんわ」

「泣いてるじゃん!!　アハハハハハ!!　あんたのこと今、初めておもしろいと思ったよ!!　へー泣くんだーかわいいねー。アッハハハハ!!　アハハハハハ」

「泣いてへんわ！」

「アハハハハハハ!!　はらいてー」

　このやろう！

「っっっさいボケェ!!　お前調子乗ってんなよ。お前みたいな自分勝手な女、彼氏ができたって次々振られるに決まってるんや、そうやな、一人当たり、もって三か月やな。人の母親が倒れてるのに自分のレポート優先させるし、朝と夜で真逆のこと言って相手困らせるし、無駄に口悪いし、うざくてしゃあないわい！　どうせ前の男ともお前のわがままで別れたんやろ。お前絶対結婚できひんわ。絶対無理。だって」

「ちょっと黙りなさいよ!!　あんたなんか彼女全然できないくせに!!　だって暗いもんねぇー人と上手にしゃべれないもんねぇー友達もいないもんねぇー」

「いませんが何か問題でも？」

「問題だよ。お前の存在が問題だよ！　今の世の中、人と接しないような人間は価値がないんだよ。酸素返せよ」

「お前みたいに人に迷惑かけるよりは無害の方がいいと思うけど。ゼロとマイナスならゼロの方がマシやと思いますけど！」

「うるっせぇなホント、屁理屈ばっかりコネやがって、絶対モテねーよお前！」

「ああモテへんわい」

「わかる？　それがあんたとあたしの人間としての差を表してるわけ。あたしはたくさんの人から愛されるし、昔付き合ってた人から復縁したいって電話も来たりするし、時にとち狂った根暗精神病患者から三通もの怖気が走るメールを届けられたりするわけ。それはあたしという人間をみんなが必要としてるからなの。あたししかいない、綾香さんしかいないと言ってくれる人間がそれだけ多く存在するわけ。あたしの思いに関わらずね。もう、うっとうしいぐらい」

「そうか」

「なに納得してんだよ！　突っ込めよ」

「いえ、その通りだと思います」

「おちょくってんの？」

「いいや、俺よりも綾香の方が魅力的な人間であることは確かやな」

「そりゃあたりめーだよ。あんただったらダンゴムシぐらいでちょうどいい勝負だよ」

「あのさぁ、ひとつ聞いていい？」

「なんだよ」

「……俺に良いところって何かあった？」

「うーん……本当にないと思う」

少しショックだった。

「あんたってさぁ、基本的にあんましゃべらないでしょ、そこが大人っぽいって勘違いしちゃったわけ。あたしはね。で、付き合ってみたらただ無口なだけで、深く物事を考えるかと思えばそうでもない。その上何をするにもウジウジ悩むでしょ、これまでに見た中で一番つまらない人間だったよ」

「そっか」

「あら、ちょっとは怒るかと思ったけど。でもこれがあたしの正直な感想」

「もう怒る気にもならへんな。でも、何か一個、しょうもないことでもいいから良かったところを言ってもらえるとありがたいんやけど」

「じゃあひとつだけ」

俺は綾香の次の一言に耳を澄ました。俺の客観的な評価が聞けるのは恐らく綾香の口からだけだった。彼女の一言は、俺のこれから生きていくための自信、拠り所になるかもしれない。俺は祈った。何か、少しでも自分を明るい場所へ導いてくれる言葉を待った。この電話を切れば、俺は誰の声も届かない元の閉鎖病棟へと強制送還されてしまう。これがラストチャンスなんだ。

俺は、独りで過ごす時間を愛した。それは最も俺が俺らしくあることができる時間だと思っていた。人との関わり。普通、人間の幸せや生きる意味などというものはそこから生まれ出るものなのだろうが、他者との接触において大きく挫折している俺にとっては逆だった。それは人並みの社交術を持っている人に限られた話である。俺はどうにも臆病で、他人の存在が疎ましくて仕方がなかった。自分以外全員消え去ればいいのに、という頭の足りない妄想を繰り返した。独りというのは最高だ。独りでいれば誰かから攻撃されることもないし、何も気を使わなくて済む。周りを見ても俺を必要とする人間はいなかったし、俺も誰かを絶対的に必要としているわけではなかった。だいたい、人なんてみな俺に限らず、その程度のものではないのか？　人間一人、なんとちっぽけな存在だろうか。能力の高低に関わらず、全ての人間は替えがきく。その事実は、恋愛というフィールドに限らない。会社員などは当然だが、スポーツ選手、例えばイチローだって、もしいなかったとしても野球界は続いていく。総理大臣だって、今の総理がいなければ別の人が総理の座に就いて、また今とは違う日本がある。別に、この人がいなければだめだ、なんてことはない。すべての人が、いてもよいし、いなくてもよいのだ。誰がいてもいなくても、世界は回っていくのだ。俺たちはただ、生まれたから生きているだけだ。存在価値なんてものは、最初からないんだ。
それが今現在の俺の出せる唯一絶対の答えだった。しかし周りを見ると、人々はそんなことは承知の上で、それを了解した上で、それでもなお力強く生きているような印象を受けた。俺だけが幼稚な思考の檻を抜け出せていない。生きる意味などないと考えることは、何より簡単な逃げ道でしかない。わかってはいるが、この考えが俺の全身にこびりつき、何をするにも力が入らないのだった。いつまでもこんな調子でいては、俺は本当にこのまま終わってしまうかもしれない。そしてあまりに肥大した無気力はさらなる孤独を生み、いつか破滅を呼ぶかもしれない。実際もうすでに、相当な寂しさに襲われつつある。そんなとき、支えになってくれる人はいなくても、支えになってくれる言葉があれば……。
綾香は、静かに言った。

「指が細くて、長かったこと」

俺は自分の指を見た。それまで意識したことはなかったが、言われると細くて、長いような気がした。俺の存在がその指に凝縮され、他の部分は単なる付属物であるかのような錯覚に陥った。指が細くて長いこと。それが俺の唯一の長所。

「……そっか……ありがとう」

俺は電話を切った。そのことによってついに、外界とのつながりを一切断絶されてしまったように思った。そうしてしばらく自分の指を眺めていた。

俺はこの指のためだけに存在しているのだろうか。肉体の他の部分も精神も不要な夾雑物《きょうざつぶつ》に過ぎず、指だけが……

俺はたった一言に大きくぐらつく自分という存在の不確かさを滑稽に思いながら、そのうち、最も長く綾香の中にいたであろう左手の中指を切り落としてしまいたい衝動にかられた。そうすれば俺はずっと抜け出せなかった彼女の世界から抜け出し、不安も期待も絶望も希望もない、無の世界に還ることができるに違いないと思った。無とは、無限の可能性を秘めるキャンバスなのだ。そうだ、これから俺はどんなものでも生み出せる。俺の認識する世界の価値観を最も強く規定していた綾香は、もういなくなってしまったのだから。綾香の染み付いたこの中指さえ切り落とせば、俺はいよいよ自由だ。この、ただ一本の指が消滅すれば、今あるすべてが崩壊し、この世の価値はすべて転倒し、ＳＡＤの俺は世のスタンダードとなり、社交的な人間は忌み嫌われるようになり、醜悪な心を持つ人間は無垢な人間へと生まれ変わり、足の遅い人間は俊足となり、愛を知らない人間は愛に溢れた生活を得、友情を信じない人間は真の友情に包まれるに違いない。俺には素晴らしい人生が約束された！　そのとき辺りは夜だったが、眼に映るもの全てが燦然《さんぜん》と輝いて見えた。俺は紐で左手の中指を強く縛り、数年前に購入し、机に長らく眠っていたナイフを取り出した。それは骨の切断に耐えるものかどうか疑わしかったが、俺は一刻も早く無に立ち戻り、そこから新たな価値の創造に取り掛からなければならなかった。古ぼけてはいるが鋭い切っ先を持つそのナイフは、蛍光灯の光の下、ぎらぎらと凄まじい輝きを放った。

なんちゃって。

俺は綾香との電話を切った後、妙に晴れ晴れとした気分になった。彼女の言葉は圧倒的な破壊力をもって俺の心に踏み込んで、ちまちまと蓄積されていた悩みや思考を残らずなぎ倒し、片っ端から空に巻き上げ、理不尽に引きちぎり、完膚なきまでに叩きつぶした。陳腐なプライドががらがらと崩れていく、そういう爽快感？　カタルシス？　俺はちょっと自分のことを大切にしすぎていたのかもしれない。何の長所もない男が、指が細くて長いだけの男が、世界の片隅に存在していてもいいはずだ。そしてその世界の片隅こそが、俺の世界の中心だ。俺がここにいて、何が悪い。誰からも認められなくたって、俺はこの世界の主人公に違いない。人生は一種の演劇であり、俺の周りに配置された脇役たちは俺の人生をさまざまな形に歪め彩る、それだけのことだ。俺は病気だと診断されたし、綾香もある種の病気だと考えていたが、果たして本当にそうだろうか。それぞれの、単なる個性と捉えることはできないだろうか。認識を変えれば、世界は変貌する。ある小説家がそう言った。それは言葉としては簡単なものだし、今までも俺は辛くなるとその言葉を思い出して実践しようと試みたが、ダンゴムシよりも脆弱な俺の心はその度にぽっきりと折れて元の認識世界を取り戻してしまっていた。しかし、今この瞬間にやっと、世界の変貌を内側から体感できたという気がした。もしかしたら、それだけで随分と生き易くなるかもしれない。なんとなく、これからも生きようと思った。誰からも必要とされない人間、そんな人間がいてもいいじゃないか。少なくとも俺には、俺が必要なんだから。

翌日から、接触を絶っていた旧友たちや西岡とも会うようになった。人が自分をどう思っているのか、そんなことをいちいち気にするのはやめた。一番想われたい人から全く想われていないという確信は、自分が予想していた以上に平和な日常をもたらした。人と他愛のない会話を繰り広げることは、好きではないが、平気になった。俺がつまらないと思えば、つまらない顔をしていればいい。楽しいと思えば、楽しそうに笑えばいい。集団の中で浮いたら、ぷかぷか浮いていればいい。できないことがあるなら、できない自分をさらけ出せばいい。それが悔しかったら、できるように努力してみればいい。それでもだめなら、道を変えればいい。

俺は俺のやり方でやってやる。

[著者] 佐川恭一

1985年、滋賀県生まれ。京都大学文学部卒業。
2011年 『終わりなき不在』で第3回日本文学館出版大賞受賞。
2014年 『シュトラーパゼムの穏やかな午後』で
CRUNCHNOVELS新人賞奨励賞受賞。
2017年 『無能男』で第13回もんもん文学賞大賞受賞。

無能男

発行日：2017年4月7日 初版
2024年1月16日 第2刷
著 者：佐川恭一
発行所：㈱南の風社
〒780-8040 高知市神田東赤坂2607-72
Tel 088-834-1488 Fax 088-834-5783
E-mail edit@minaminokaze.co.jp
http://www.minaminokaze.co.jp